STUART MCHARDY was raised in Peddie Street, Dundee. He moved tae Kirkton at the age o seevin. He stayed there till headin aff tae Embra tae be a student. Educated at Hawkhill Primary (the Hackie), Gillburn Primary (the Gelly Burn) and Morgan Academy (nuff said) he wis aye a great reader an eventually got a degree in atween playin music, drinkin, an ither things. Eftir variously warkin in advertisin an recruitment in London he came hame an cairried on assaultin the ears o the public fer a whilie, afore headin back tae Embra wi the greatest traisure o his life, Sandra Davidson. Since then he his warkit as a journalist, broadcaster, writer an storyteller, jobs that allow lang lies an nae bosses, tho he dis show up in schuils aw ower Scotland. He wis Director o the Scots Language Centre in Perth in the 1990s an his been shoutin at students at Embra Uni's Office o Lifelang Learnin fer monie years.

By the same author

Strange Secrets of Ancient Scotland (Lang Syne Publishers, 1989)

Tales of Whisky and Smuggling (Lochar, 1992)

The Wild Haggis an the Greetin-faced Nyaff (Scottish Children's Press, 1995)

Scots Poems to be read aloud (Editor) (Luath Press, 2001)

Tales of Whisky and Smuggling (House of Lochar, 2002)

The Quest for Arthur (Luath, 2002)

The Quest for the Nine Maidens (Luath Press, 2003)

MacPherson's Rant and other tales of the Scottish Fiddle (Birlinn, 2004)

The Silver Chanter and other tales of Scottish Piping (Birlinn, 2004)

School of the Moon: the Scottish cattle raiding tradition (Birlinn, 2004)

On the Trail of Scotland's Myths and Legends (Luath Press, 2005)

The Well of the Heads and other Clan Tales (Birlinn, 2005)

Luath Storyteller: Tales of the Picts (Luath, 2005)

On the Trail of the Holy Grail (Luath, 2006)

The White Cockade and other Jacobite Tales (Birlinn, 2006)

Luath Storyteller: Tales of Edinburgh Castle (Luath, 2007)

Edinburgh and Leith Pub Guide (Luath Press, 2008)

Luath Storyteller: Tales of Loch Ness (Luath, 2009)

Luath Storyteller: Tales of Whisky (Luath, 2010)

A New History of the Picts (Luath, 2010)

Speakin o Dundee

Tales Tellt Aroun the Toun

STUART McHARDY

Luath Press Limited

EDINBURGH

www.luath.co.uk

First published 2010

ISBN: 978-1-906817-25-1

The publisher acknowledges subsidy from

ALBA | CHRUTHACHAIL

towards the publication of this book.

The paper used in this book is recyclable. It is made from
low chlorine pulps produced in a low energy, low emissions manner
from renewable forests.

Printed and bound by
Bell & Bain Ltd., Glasgow

Typeset in 11 point Sabon
by 3btype.com

Tae Roderick

Contents

Introduction 9

Mons Graupius 13
Pitalpin 14
Couttie 16
Anither Bonnie Fechter 19
Wallace in Dundee 22
The French Spies 25
A Flicht o Fairy Fancy 29
The Sunday Boat 32
Davie an the Polar Bear 36
Toshie McIntosh 40
Lookin on the Bricht Side 44
The Shift Spanner 46
Hungry Nan 55
The Kirkyaird Ghost 62
The Screiver 71
A Scotsman in the Wig an Pen 74
The Nine Maidens 77
Davie Gray the Poacher 82
Cossack Jock's Wake 91
A Snail Tale 96
Ae Nicht in the Bar 100
The Black Band 103
Dundee's Resurrection Man 108
The Roond Moo'ed Spade 112
A Lamentation for the Loss o the Roond Moo'ed Spade 114
A Hauntit Castle 116
The Dundee Radicals 120

Pair Grissel Jaffray   129
Lizzie   135
The High Landies   143
Professor Drummer   148

Introduction

THE STORIES IN THIS wee book come fae a variety o sources. Some are fae auld books an ithers are stories A've been tellt masel, maist o them in ae hostelry or anither in the auld toun o Dundee. Some o them are stories that A uise in ma wark as a storyteller an aw reflect whit A believe maks Dundee fowk whit they are. Yon great Scot, Hamish Henderson, aince said, when A tellt him that A cam fae a Dundee Communist faimlie, 'Ah the auld Dundee Communists, the salt o the earth.' Weel it's no jist the Communists amang the Dundonians that yon description fits. Tae me Dundee is reflective o a livin culture rootit in Scotland's past whaur the virtues o egalitarianism, communality, faimlie an freenship are aye tae the fore. A've heard it said that Dundee disnae really hae a middle class an that's no true, but whit is, is that sic human failins as pretentiousness, snobbery an vanity that are generally associatit wi middle class behaviour, tend tae get affy short shrift in Dundee. A've no been bidin in the city fer monie years, but still hae faimlie there an will nivver forget whaur A'm fae.

On monie a visit hame A've spent a bit o time in ae bar or anither, an it's there that ma ain career as a storyteller began. Listenin tae bar-room crack in the auld toun as a yung man, an takkin pairt in often blood-curdlin repartee helpit me develop skills that hae lastit a lifetime in the writin an storytellin. It's aye a surprise tae the Weejies tae fin oot that there's anither city in

Scotland whaur the banter matches their ain – tho some fowk in the West End tell me that it's really an affy lot better!

Some o the tales here are fae a lang time ago when the difference atween history an story didnae maitter sae muckle as it does the day. Ae wey o lookin at the difference is tae aye mind that history is written fae a specific perspective. It gies the version o the past that the writer, or whaivver is peyin the writer, wants ye tae believe. Mind ye history itsel is ivver cheengin an partick-lary in Scotland as we see jist whit a bourach the notion o 'British History' really is. Stories on the ither hand survive because fowk find in them whit micht be cried the 'distillit essence o community experience'. Nou that's a bit o a mouthfu but anither wey o pittin it micht be tae say that stories reffeck whit the ordinary fowk think – that's hou they survive – because fowk keep tellin them tae ane anither. Since the dawn o human time fowk hae tellt stories an as lang as we are human we'll cairry on tellin them – afore writin they had a far greater role in society than they hae nou, but as lang as we get thegither fer a bit crack, fowk'll want tae hear stories. Fowk cheenge sae stories div as weel an it's a humblin thocht that some o the stories tellt doun in Australia hae been bein tellt fer mair nor forty thousan year. Dundee pub stories arenae quite as auld as yon, but some o them, like 'The Kirkyaird Ghost', hae a truly ancient pedigree in lands aw ower this planet.

Some stories here are historic in that they're aboot things that we cin be shair actually happent, at specific times in specific places. Some o them micht only be pretendin tae be historic, fer instance we'll likely nivver ken gin Alpin, faither tae Kenneth that wis king o baith Picts an Scots, wis ivver here. But fowk thocht he wis an tellt the story o his daith as happenin jist tae the west o the toun. Whit is shair is that there hae been fowk livin on an aroun Dundee Law fer thousans o years, an that it his aye been a place o significance. An thru aw thae years ae thing we cin be shair wis constant; the tellin o stories. The invention o writin didnae kill aff storytellin, nor did the wireless, nor films, nor television an nor will aw the new fanglit media that are spinnin aff fae the Warld Wide Wab. In fact the mair fowk speak tae each anither, the mair stories will get tellt, an seein as there's mair that we shair wi awbody on the planet than maks us different, despite variations in colour, creed, religion an society, there's nae chance ava that the tellin o stories'll ivver stop.

Stuart McHardy

Mons Graupius

W HIT IS MAIST LIKELY the auldest tradition we hae concernin Dundee refers back tae the very stairt o Scotland's History. The very first survivin written document that refers tae Scotland is Tacitus's 'Agricola'. Tho it is hardly mair nor Roman propaganda – Tacitus wis writin a panegyric, or work o praise tae his late faither-in-law Agricola – it tells o a great battle, that, the wey Tacitus tells it oniewey, the Romans won. This wis the battle o Mons Graupius that fowk are still tryin tae figure oot the location o near twa thousan years eftir the fact, if fact it is. The story goes that the nicht afore the battle Calgacus, a name meanin The Swordsman, held a meetin wi aw the ither leaders o the tribal warriors o the Caledonians on Dundee Law, tae figure oot hou tae fecht the invaders. Nou whither the Law wis jist a fort or, as seems a lot mair likely, a kind o central tribal location fer a range o activities, this suggests that fowk hae lang been lookin in the wrang place fer the Battle o Mons Graupius.

Pitalpin

NOU KENNETH MACALPIN has lang been thocht tae be the first king tae hae united the different tribes o the Picts an Scots intae a single nation in the ninth century. Nouadays it is nae langer a cornerstane o our unnerstandin o the past that the Scots cam ower fae Ireland an in fact there is nae real evidence tae suggest that they did. It seems mair likely that they were, like the Picts theirsels, ane o the indigenous tribes, or confederations o tribes, that were here in Scotland when the Romans cam on their wee visit. The auld notion that Kenneth conquerit the Picts disnae fit wi whit we ken nouadays an there hae even been suggestions that Kenneth wis gey weel-kennt amang the Picts, mebbe due tae haein a Pictish mither. This wuid mak some sense o an auld story that his lang been tellt in an roun Dundee. This tale refers tae events that were said tae hae happent aroun 730AD when Alpin, wha wis a leader amang the Scots, wis fechtin ower here in the east. Tae unnernstand the period we micht be better thinkin o the battles that went on as mair like inter-clan disputes than oniethin like royal dynastic battles.

The story goes that Alpin wis up agin Brude, king, or chief o the Picts. Alpin had taen up a position on a wee hill tae the west o Dundee in an auld fortified enclosure there. Amang the thick woods tae the north there wis a big clearin an here Brude had lined up his Pictish warriors. The Picts advanced up the hill an the Scots chairged doun tae meet them. The battle swayed back an forth but it wisnae lang afore the superior nummers o the Picts began tae tell. Alpin an his lads were driven back up the hill an it becam clear that the Scots were losin the fecht. Their line broke an the Picts chased them doun the ither side o the hill, takkin Alpin prisoner as they went. He wis taen, hands tied, afore Brude wha had set up his new position somewhaur roun aboot whaur the village o Liff nou stands. Alpin had his heid chappit aff there an then, an it wis stuck on a great pole an paraded fer aw the Picts tae see.

Eftir this tho, it is said he wis pit intil a burial mound an the place wis named Pitalpin eftir him. Fer monie centuries eftir this it is said there wis a great Pictish stane cried the King's Cross tae be seen, jist tae the north-east o whaur the remains o the broch o Hurley Hawkin are standin yet in the Den o Gray.

Couttie

ATWEEN WHITEHALL STREET an Union Street in the centre o the toun is Couttie's Wynd. Nouadays it's jist a back alley rinnin atween the High Street and Whitehall Crescent, gien access tae the back o shops. The name tho is rootit in the far past. Lang, lang ago there were certain aspecks o Scottish society that wuid hae been seen as affy peculiar onieplace else. Ane o these wis the habit that a few o our kings had o wanderin amang their population in disguise. The maist weel-kennt wis o course James v, wha wanderit the county as a gaberlunzie or licensed beggar in the first half o the sixteenth century. The ward 'gaberlunzie' is thocht tae hae come fae 'gaban', a French ward meanin a sleeved an hoodit cloak an the gaberlunzies wore blue cloaks tae show that they had the richt tae traivel the land beggin. The general intention wis that gin ye gied the gaberlunzie a coin or twa he wuid say a prayer fer ye, tho they werenae monks theirsels.

Nou anither ane o the odd things aboot Scotland wis that even fer monie years eftir Jamie v's time the kings o Scots spoke jist the same as the rest o the fowk – in Scots. Nou them that'll tell ye that this is whaur the weel-kennt phrase 'Hello Jimmy' comes fae are mebbe jist yankin yer chain – but the thing aboot the past is ye cin nivver really be shair, cin ye? An it's warth mindin that monarchs here were aye kings, or queens o Scots an no o Scotland.

Oniewey Jamie v wis on ane o his regular walkaboots this ae time. He wis sair bathert wi the extent o lawlessness aroun the place an wantit tae see hou bad things were fer hissel. In order tae dae this he thocht he wuid be better aw his lane, his guards keepin a fair way ahent him so as no tae mak it ower obvious that the king wis oot amang the fowk. He had travellit up tae the Cairn o Mount when he met up wi a lad cried Couttie fae Dundee. Nou this Couttie made his livin drovin cattle an wis on his wey north tae buy some baists. This meant he wis cairryin a fair bit o siller an when he met up wi this ither traiveller on the wey, the lad thocht it micht be a guid idea tae chum him alang the road. They hadnae gone far thegither when they were set upon by a bunch o robbers that had been hidin in the woods. Nou baith Couttie an the King were big, strong lads an wi the help o Couttie's dug, a muckle great deerhund that wis a dab hand wi cattle, they pit up a richt good fecht. They managed tae knock a couple o their attackers tae the grund an the ithers, aroun half a dizzen strang, cam at them again. At this pynt the King roarit, 'Fecht on Couttie lad, the Face o the King is terrible!'

Nou Couttie didnae get whit this meant richt awa but the robbers – jist the kind o lads that only had courage in numbers an at hairt were nae mair nor cowards – got the sense o it straicht aff. They had heard that the king wis somewhaur aboot the county an had nae wish fer a troop o weel-armit men tae come ridin tae his aid an maistlike capture or kill them aw. Gin they were captured attackin the King they had nae doot whitsoivver that they wuid swing fae the gallows. Sae, they turnt an ran back intae the woods they had come oot o.

'Weel duin, Couttie,' says the King, haudin oot his haun, 'ye focht richt weel.'

'Aye, aye,' said Couttie, 'ye're a bonnie fechter yersel, bit whit wis that ye were sayin aboot the face o the king?'

At that the king laught an tellt Couttie wha he wis. As Couttie fell tae ae knee afore his sovereign. Jamie poued him tae his feet sayin, 'Dinnae ye kneel tae me, lad, we are companions in airms are we no?'

Soon eftir the King's guard cam ridin up an tho the Captain wis a bit distresst that the King had been in sic mortal danger he wis fair relieved that he had had a steady man aside him in the fecht. An the upshot o it aw wis that Jamie gied Couttie a parcel o land in the very centre o the City o Dundee an it keeps his name even till the day.

Anither Bonnie Fechter

NOU COUTTIE WISNAE the first Dundee lad tae be favourit by a king fer his skill in fechtin. Lang afore Couttie's time when King Alexander 1 wis on the throne there wis a fair bit o fechtin goin on. Nou aw they fowk that write histories hae a tendency tae tak it for grantit that whit wis written doun in the past is a true reflection o whit wis happenin at the time, kind o it must be true it's in a book, or a charter, that sort o idea, forgettin the auld cliché that it's only winners that get tae write history. Nou this disnae mean that awbody that wrote stuff in the past wis a leear, jist that whiles we micht be better aff assumin that they were, or if no that, then at least takkin a critical look at whit they were sayin back in the day.

In terms o Eck 1's time, like monie anither period o Scottish history we get tellt that there wis a great deal o lawlessness aboot the place. Nou this really depends on yer pynt o view. Here in Scotland till the middle o the echteenth century we had a society – the Hielan clans – that wis based aroun the notion o ilk man bein a warrior. Tae these fowk the king's idea o imposin law wis nae mair nor ongoin attempts tae subjugate them an dae awa wi their wey o life. Ye cin mebbe get an idea o the auld tribal society by thinkin o it as based roun kinship no kingship. Chiefs o the tribes were answerable tae their clan communities in weys that refleck the ancient Iron Age societies that they develupt fae. Ye cin see this even at the highest level o Scottish history an politics. In the Declaration o Arbroath, ane o the maist important documents in the development o whit we nou cry human richts, it is explicitly said that gin King Robert disnae dae his job an keep the English invaders oot o the county, anither king'll be pit in in his place! That's a lot mair like tribal behaviour than whit we're supposed tae think is the richt an proper wey tae deal wi a king. Oniewey it seems likely that Alexander wis fechtin wi fowk that saw the warld a lot different fae hou he saw things whan this wee story cam aboot.

He wis far north at the River Spey ae time when he cam across an army o the local warriors sittin on the ither side o the river, ready tae fecht. Nou at this time the King's official bannerman, that had the duty o lookin eftir the King's standart, wis a lad cried Sandy Carron, an it maun be said that the notion o sic an honour maistlike had arisen fae aulder traditions that originally cam fae amang the clans or tribes theirsels. Oniewey Alexander sends Carron ower the watter tae gie battle. The battle stairtit an Alexander was plaised tae see that Carron wis haein a great success an the ither side were gettin driven back fae the watter. He noticed that his standart bearer wis himsel in the very thick o the action an layin aboot wi great success wi a muckle sword that had a crookit blade. He wis wheechin aff heids an limbs wi his weapon, gettin covert wi bluid an guts in the process. It wisnae lang afore the opposition decided tae caw it a day an ran aff intae the hills, tho the history books tell it that monie o them were cut doun as they fled the field. Alexander, nou aw wis calm, cam ower the Spey wi the rest o his men an promisst Carron a great deal o wealth fer his bravery that day. He also gied him a new name, Scrymsour, which at the time meant somethin alang the lines o a bonnie fechter, a man guid wi a sword, an is likely relatit tae the English ward skirmisher. In time the name becam Scrymgeour an Carron's descendants becam the Earls o Dundee. A've heard it said that the bluid o yon auld warrior must hae run in the veins o the weel-kennt Neddie Scrymgeour that beat Winston Churchill for the Parliamentary seat o Dundee in 1922 – no cause he took on Churchill but that he was standin on a Temperance ticket in Dundee!

Wallace in Dundee

NOU ANE O THE great heroes o Scottish history is William Wallace that led the resistance tae the invasion by the English King Edward I, or Langshanks as he wis kennt. Historians fer some reason hae cried the battles o this period the Wars o Independence which seems tae me a richt bluidy cheek, fer A'm no aware that Scotland wis ivver a pairt o England! Whit kind o numpties cry a war tae repel invaders a War o Independence? It wis naethin ither nor a war o resistance an dinnae let oniebody tell ye onie different. Nou Langshanks had been gey sleekit when he wis askit tae help decide on the contestin claims o the various aristocrats that thocht they shuid be King o Scots. Alow the guise o bein a disinterestit judge the English king had nae intention o daein oniethin ither nor annexin Scotland. Gettin his scribes tae invent spurious claims o feudal superiority he had come north wi an airmy an took ower monie o the castles dottit aboot the land. Nou Scotland had been a county lang afore England cam intae existence but the claimants tae the throne were that eager tae push their ain claims that they had let this foreign king come in an tak ower control o Scotland. An it wis here that Wallace showed his mettle. Like monie Scots he hatit the English takkin ower his land an even as a yung lad he wisnae the kind that wuid hide his feelins. Because o this he had been sent fae his hame ower in Ayrshire tae bide wi an auntie at

Kilspindie in the Carse o Gowrie, an wis attendin the College in Dundee when things kickit aff.

At this time in the 1290s Dundee, like much o the county, wis under English occupation. The English Governor o the toun, Selbie by name, wis bidin wi aw his troops in the Castle that uised tae staun aroun whaur St Paul's Cathedral nou sits. Ye cin imagine the resentment fowk felt at the invaders an William, still in his teens but awready a pouerful an courageous man, wis like awbody else, frustrated at the lack o onie real leadership amang the Scots nobilitie, as they cried theirsels. Nou William wis in the toun ae day wi a bunch o his freens when they cam across Selbie's son, that wis aroun the same age as William. It seems he wis an arrogant sumph o a lad an generally wanderit aroun the toun as if he ownit the place, an usually wi twa or three o his faither's sodgers by his side. Nou this day he pickit on William. It seems he noticed that William had a raither fine-lookin dagger on his belt wi a fancy sheath, an the yung Englishman took a fancy tae it. He demandit that William hand it ower as sic a fine weapon wis far ower good fer a common Scots lad tae hae in his possession.

'Naw, naw,' replied William, 'ye cannae hae it.'

'We'll see aboot that, you Scots dog,' shoutit Selbie an grab-bit at the dagger, pouin it fae its sheath. As he yankit the blade o the weapon clear o the sheath William grabbit his wrist. There wis a bit o a struggle an it seems that Selbie tried tae stick William wi his ain knife. Our hero wis haein nane o that an he turnt the blade aroun an stuck it straicht intae the yung Englishman's hairt. As he fell tae the grund, the sodgers wi him cam at Wallace wha turnit an ran thru the streets. The sodgers cam eftir him but while the local fowk stood aside tae let William pass they got in the road o the sodgers, slowin them doun. Sae it wis that William turnit intae Castle Street a wee bit aheid o his pursuers wha were cryin on ither sodgers that were in the streets tae come an help them.

He duckit intae a tavern whaur he kennt the landlady.

'The sodgers are eftir me,' he said, makkin a move tae gang oot thru the back door.

'Naw, naw laddie, dinnae rin. Sit ye doun by the fire there,' the wifie said. As he sat doun the landlady threw an auld reid goun ower his shouthers an pit a wumman's heid-dress on him an handit him a spinnin wheel. 'Nou jist ye keep spinnin that rock, there an pey nae attention tae oniethin else.'

This wis jist done when the door burst open an in cam a handfu o sodgers wi drawn swords in their hands. 'Have you seen a yung man, a tall fella?' demandit the lead sodger, ignorin the auld wumman sittin by the fire.

'Weel A thocht A heard somebody oot the back a meenit or twa ago,' the landlady replied. Straicht awa the sodgers headit tae the back door o the tavern an ootside. 'Bide whaur ye are, laddie,' she said, 'Jist cairry on as if naethin's wrang.'

Sure enough the sodgers were back in a few meenits an headit back intae the street.

Waitin till the steer had died doun a bittie William made his way back tae his lodgins as nicht fell. The follaein day a proclamation wis read oot by sodgers in the toun square. Aw yung men atween the ages o fifteen an twenty had tae report tae the Governor at the castle. William sneakit oot o the toun that very day back tae Ayrshire. An fae then on his road wis settlit. It wisnae lang eftir that that he gaithert a bunch o like-mindit lads an the battle tae rid Scotland o the English invaders wis on. It micht hae been near a quarter o a century till the maitter was settlit, an the war atween the twa countries went on fer a lang time eftir yon, but the first blow fer freedom wis struck in Dundee.

The French Spies

URIN THE PERIOD o the Napoleonic Wars there were regular rumours o a French invasion. In 1801 there wis near panic, the speak o the toun bein that the Frenchies were aimin tae bring in a big fleet o ships tae the East Coast an land an army at Lunan Bay. Fowk thocht that Napoleon wuid land troops in Scotland and likely come ower the English Channel at the same time. Nivver mind that the British Navy had effective control o the seas, the atmosphere in Dundee in particklar at yon time wis constantly on the verge o panic. As ane o the maist important East Coast ports, Dundee wis itsel seen tae be a temptin tairget for the Frenchies an fowk got affy suspicious o onieboadie they didnae ken.

Nou it jist happent that a couple o American lads, John Bristed an Andrew Cowan, were studyin Medicine at Edinburgh University aboot this time an they decided that they'd like tae tak a tour roun Scotland an acquaint theirsels better wi their adoptit hame. They set aff fae Auld Reekie at the beginnin o August. Fer some reason or anither they didnae want tae be seen as members o the gentry sae deckit theirsels oot as if they were sailors. It seems that their notion o whit sailors shuid look like didnae meet wi general approval an their appearance on the pier at Leith, tae tak the ferry ower tae Pettycur in Fife, wis the occasion o a great deal o laughter an jokes at their expense. They were a gey odd-lookin pair richt enough but the ribaldry they were subjectit tae on the south side o the Forth cheenged aince they were makkin their wey thru Fife. Their accents markit them oot as strangers an they got mair nor a puckle o queer looks as they made their way thru the Kingdom.

They had letters o introduction tae various fowk an stayit wi the widow o Principal McCormick at St Andrews afore settin north tae get tae Dundee. On the ferry ower the Tay they made acquaintance wi Mr Jonas Watson, a tobacconist that did a fair deal o tradin wi the United States – in fact his son wis then in America tendin tae the faimlie business. On Watson's recommendation the twa yung lads made their way tae Cooper's Lodgin House on the Shore-heid. Nou gien as they were students, an fond o the learnin, they baith had the habit o quotin Latin at each anither an this wis pickit up by some fowk as them mebbe speakin French. It seems in fact that rumours o a couple o Frenchmen spyin oot the lay o the land preceded them intae Dundee.

Peter Cooper had heard tell o this an wis a bittie suspicious o the foreigners, but Bristed tellt him they were Americans and great admirers o aw things Scottish. This calmit Cooper doun an he gied them a room fer the nicht. A wee whilie later, passin the door o the room, Cooper heard the twa lads natterin awa in whit wis clearly a foreign tung. Nou he didna ken onie Latin – they were discussin the merits o a couple o Latin poets an basically showin aff tae ane anither – an he thocht that they were speakin in French. Sae when a couple o local lawyers, Mr Sterling an his buddy Mr Low, a local magistrate, cam tae the door o his lodgin house demandin tae see his lodgers he took them richt tae the lads. When askit tae prove they were wha they said they were, the Americans had tae admit that they didnae hae onie papers wi them. Deeply suspicious o these foreigners, Sterling sent word fer his clerk tae come richt awa an draw up an order tae commit the lads tae the jile. At this Bristed an Cowan stairtit tae reel aff aw their acquaintances in the Capital – acquaintances that turnt oot tae include Walter Scott, Writer tae the Signet that went on tae write a bookie or twa, an ither weel-kennt members o the Edinburgh legal profession. Howivver Sterling an Low had nivver heard tell o onie o these fowk an things were lookin bad fer the Americans. A letter was written there an then tae be sent tae Mr Laing, a noted book-seller in Edinburgh, askin him tae reply that he kennt the American students an in the meantime the toun constable wis cawed in by magistrate Low tae tak the pair intae custody.

The twa lads were tellt that they were bein described as French spies by some fowk, as English deserters by ithers, an that there was talk in the toun that they were maybe jist wanderin Jews an shuid be lockit up fer a few days afore bein whippit thru the street o the toun an sent on their way – there were some gey coorse habits o thinkin back in the day.

They were jist aboot tae be whiskit aff tae the jile when Sterling askit fer the last time, 'Dae ye no ken onieboadie in Dundee that cin vouch fer ye?'

They cuid think o naebody but Sterling wis by nou pretty shair that they werenae actually French spies an went aff tae try an find a couple o medical men that he kennt were fae Edinburgh on the off-chance that ane or ither o them micht recognise the visitors. Luckily he ran intae Patrick Nimmo, a doctor wha had no lang graduated fae Edinburgh, an brocht him back tae Cooper's house. He recognised the baith o the Americans an pit his name tae a document tae that effect. Anither medical man, Dr Watson, likewise then turnt up an he vouchit fer the Americans as weel. So they were saved the indignity o bein lockit up as spies in the toun jile an worse, fer Watson tellt them that the haill toun was in an uproar, fowk were gaitherin at street corners an there wis talk o simply haulin the strangers oot an stringin them up as they were clearly spies wha had come wi an intention tae murder the men, ravish the weemin an eat up aw the bairns o Dundee. Hou twa yung lads cuid hae done aw that by theirsels is somethin it seems the mob hadnae considert, such wis the atmosphere o rampant paranoia an fear aw thru the toun. Nou that it wis kennt wha the lads were an that they werenae onie kind o threat the constable wis sent oot tae convey the news tae the fowk in the streets, but it took a whilie afore aw the crowds broke up. It wis wi a sense o great relief that a convivial meal was then eaten back at Dr Watson's house, but his suggestion that the twa lads tak their time an walk thru the toun street the follaein day tae show fowk that they werenae spies wisnae follaeit. The twa visitors thocht it a much better idea tae get up at five in the mornin an get oot o Dundee as fast as their legs cuid cairry them. An they nivver cam back.

A Flicht o Fairy Fancy

SCOTLAND IS FOU O stories aboot fairies. Our fairies arenae oniethin like the wee, cute diaphanous-wingit craturs o Victorian romance; they are weel-kennt fer bein mischievous if no doonricht dangerous. Sometimes they gie fowk a helpin hand but maistly they are prone tae makkin mischief or worse. Tho there were ither supernatural craturs that fowk hae lang believed in like the vicious kelpies and the friendly an helpfu brownies, the fairies were the maist commonly seen, or talkit aboot, itherworld inhabitants. They were thocht tae inhabit fairy mounds in aw the pairts o Scotland an fae whit we cin gither they were aye fond a haein a pairtie, whither it wis dancin in the moonlicht or haudin their ain oorie waddins inside the auld mounds or *sithean*. Monie a fiddler or piper is said tae hae been spiritit awa by the fairies tae play a nicht at a waddin, returnin tae find that they had in fact been awa fer a hunner years or mair, an that aw their faimlies had deid while they were awa. The spell, or glamourie that the Wee Fowk cuid pit on a human wis an oorie an fell dangerous thing. An it wisnae jist fowk in the wee villages an clachans o the countyside that believed in the fairies.

A guid whilie back a lad fae the Hilltoun, Jamie Moir, got the name o haein been taen by the Wee Fowk. It wis at the time o the Longforgan Fair that wis held at the back end o summer ivvery year. Nou fairs in the auld days were often the occasion o a fair amount o wild behaviour, fechtin wis common among the yunger menfowk an withoot fail there wuid be a lot o drink tae. Tho by the nineteenth century the fairs werenae jist as lawless an dounricht dangerous as they aften had been in the Middle Ages they cuid still be gey roch affairs. Fowk warkit lang an hard in the auld days, holidays were short an affy rare, an the opportunity o lettin yer hair doun wis aye taen wi glee. Nouadays we hae gala days an fairmers' mairkets but back in the day the fairs were like baith combined wi an affy lot o ither activities thrown in, includin drinkin an houghmagandie! As weel as aw that they were generally a time fer horse-tradin an cattle-buyin an o course fer mony years there were the great Feein Fairs whaur fowk signit up tae wark fer a new fairmer fer six months or a year. Some o the fairs had their roots wey back in the mists o time an were named fer saints, wha maistlike were jist Christian versions o earlier legendary or mythological figures. Be aw that as it may our Jamie had been makkin a habit o gangin tae the Longforgan Fair fer a few years an he aye had a rare time. Weel till this aince.

He wis fund the mornin eftir by a couple o ither Hilltoun lads wha were oot early eftir rabbits at the back o the Law, an he wis in an affy state. His face wis bruised, his claes torn an glaury an the big bottle o the guid stuff lyin by his side wis stane dry. The lads took him back tae his wee house on the Hilltoun an aw the wey he wis mutterin an splutterin aboot the fairies. The lads didnae pey onie attention, jist got him back hame, pit him tae bed an went aboot their ain business. Weel Jamie didnae get onie wark done that day, like a lot o the fowk on the Hilltoun he wis a bonnetmaker, an a guid ane. That nicht tho the lads cam roun tae see hou he wis an he tellt them an oorie tale.

It seemes that eftir a braw day at the fair, Jamie had endit up at the Kingoodie Inn wi a bunch o local lads he kennt fine. At near aboot midnicht he had decided tae get back hame an had bocht a big bottle o the cratur wi the siller he had left in his pooch. He had been headin back ower the slopes o the Hill o Balgay when he saw a bunch o fowk comin doun thru the woods. 'Here,' he said, 'A wis in a guid mood an wondert if A kennt onie o them an gied them a shout.'

When the crowd, aroun a dizzen or so, cam up tae him Jamie realised that they werenae jist yer ordinar kind o fowk. They maistly cam up tae Jamie's shouther but whit he noticed richt awa wis that they were aw wearin green, an their claes lookit gey auld-farrant. Despite the whisky fumes bilin in his napper Jamie clockit richt awa that these lads jist had tae be some o the fairie fowk! Ane o them askit him fer a wee drap oot o his bottle an fou o the milk o human kindness, as weel as whisky, Jamie wis happy tae oblige. Ane eftir anither, they aw took a guid swig o his bottle, sayin things like, 'No bad, no bad' an 'It's no as guid as our stuff but it'll dae in a pinch.' Then, afore he knew whit wis happenin the fairies had liftit him aff his feet, an aff like the wind itsel they cairryit him awa tae the Seedlie Hills. Aince there, he said, he wis taen intae an auld fairie hill somewhaur near the Ballo Glack an tit for tat, he wis gien some o their ain *poit dubh*.

'Man,' said Jamie wi a shak o his heid, 'that wis the finest drappie A've ivver had ower ma thrapple, aw ma born days.'

An the nicht went on wi dram eftir dram, laughin an singin an as far as he cuid mind he wis haein a rare time o it. Then it aw seemit tae hae gone blank, an the next thing he mindit wis bein fund on the slopes o the Law wi his bottle empty aside him on the grass. His pals were fair taen wi this tale an it wisnae lang afore it wis bein spreid aw ower the Hilltoun. An there were some that believed it forbye, but wiser heids thocht that Jamie's fairy flicht tae the Seedlies had come oot o the empty bottle fund aside him on the slopes o the Law.

The Sunday Boat

ACK IN THE WHALIN times there wis a lot o money tae be made. It wisnae cheap tae kit oot a ship tae gang whalin, but if the ship got a guid catch an made it back in ae piece, the profits cuid be considerable. Fowk that made money in ither weys were keen tae invest in the whalin tho awbody kennt fine it wis a risky business. An whit a send aff the whalers got. Maistly they wuid aw set oot on the same day in Spring an near the haill toun wuid turn oot tae cheer them on. The dockside wuid be lined wi the faimlies o the men on the ships an hunners o ither fowk cam tae see the show. The ships theirsels wuid be spairklin clean an deckit oot wi buntin an as aften as no there wuid be a band on the dockside tae play popular tunes as they set aff. On board there wuid be monie a sair heid as the effects o the last visits tae the dockside taverns fer a whilie were kickin in. Anither thing that happent ivvery year wis that there wuid be a boat waitin aff Broughty Ferry tae pick up the laddies that had stowed awa on the whalers, fer there were aye a few o them. Sometimes tho, ane or twa wuidnae be fund till the ships were aff the north o Scotland an wuid end up becomin members o the crew, an it maun be said that despite the harsh conditions an the hard life monie o them stayit on at the whalin maist o their days.

At the hinner end o the year tho things were a bit different. Baith faimlies an investors wuid stairt tae fret as the autumn cam on an the ships werenae back. Wives, an bidie-ins, if they werenae worryin that their men micht no come back at aw, wuid be tryin tae wark oot hou muckle siller they micht bring back, an there wis aye a degree o competition amang the whalers, an their freens an faimlies, as tae hou muckle blubber each ship had managed tae gaither in. As tae that it maun be said that the turnin o the blubber intae oil wis a fell messy business an the yards doun at the east end o the toun were conspicuous by their smell. In fact some fowk said when the wind was blawin fae the east ye cuid smell the oil-yards o Dundee up the river at Perth, twenty miles awa!

Nou tho the weemin micht be howpin tae see their men hame wi enough siller tae pey aff the debts they had incurred ower the summer, an hae enough tae live on till the next agin year, some o the investors were driven near gyte wi the howp o great profits. By the time the fall had come aroun there were regular look-outs doun at Broughty Ferry waitin tae see the returnin ships, an hou they sat in the watter. The mair blubber they had on board the lower in the watter they sat.

Nou ae year ane o the toun's merchants, a mannie wi a big house in the Nethergate, had decidit tae invest in the whalin. He had been gey successful at the supplyin o the boats throu his ships' chandlers an ither businesses an, tho a cautious man by nature, had been noticin ither weel-aff, an guid, fowk like himsel makkin whit he perceived tae be a fortune aff the whalin. He had pit aff investin fer a year or twa but eventually he cuidnae resist the temptation o makkin even mair money and had hired a ship, kittit it oot wi aw the necessities an sent it aff tae Greenland tae mak him anither fortune, he howpit. Nou like monie a weel-aff mannie afore him, he aye made a grand show o bein a wise-like kirk-gangin type o chiel, an he had a pretty high opinion o himsel. He wis, in short, ane o them that our Bard, the noble Rabbie, wuid hae cried ane o the Unco Guid, or in local parlance the Richt Yins.

Nou he had a mannie warkin fer him cried Jock Duncan

wha wis a real devout Christian, an elder o his ain kirk. Nou Jock had a kind o managerial role in that he wis in chairge o the countin house doun by the docks an wis regularly entrustit wi aw kinds o sensitive tasks fer his boss. In the fall o the year that the merchant had sent oot his ain boat there wis a bit o consternation in the mannie's shops an in the countin house. Ane by ane aw the ither Dundee whalers had come back tae port, an maist o them wi a pretty guid cargo. As they cam dreeblin in the merchant wis gettin mair an mair stresst, worryin whaur his ain boat wis, an if indeed it wuid ivver get hame. He sent Jock tae speak tae aw the captains o the ither ships tae ask if they had seen oniethin o his boat – no wantin tae be seen daein sic a thing himsel. Aw the tidins they got wis that naebody had seen her since the middle o July, but that it seemd tae hae had some success at that pynt. As the days passt the mannie got mair an mair bathert. He cuidnae sleep, an he wis aye flittin fae ane tae anither o his various shops an wee businesses, makkin life mair difficult fer his employees wi his meddlin an messin. Day eftir day Jock wuid be up in the mornin an gang up the Law tae look oot ower the firth o the river an day eftir day he wuid gang tae the merchant an tell him there wis nae news. Nou it so happent that eftir this had been goin on fer mair nor a fortnicht that Jock arose ae Sunday mornin an went up the Law. There sailin up the river wis the missin boat. At last he thocht, this'll calm him doun. An truth tae tell he wis a fair bit relieved himsel fer the husband o ane o his nieces wis on board an the faimlie wuid be fell glad tae see him back fae the dangers o the Greenland whalin.

Thinkin that awthin wis nou fine Jock set aff fer the merchant's big house in the Nethergate. He got there an chappit on the door. The knock was answert by a wee maidie wha speirit whit he wantit.

'A'm here tae see himsel', said Jock.

'Weel,' said the lass, wi a bit o hoity-toity air, 'A'm afraid ye cannae see the maister. He's at his breakfast an has his haill faimlie wi him. Ye'll jist hae tae wait till they're aw feenisht.'

Weel this didnae suit Jock ava. He wis due in a wee whilie tae be at his kirk, that they cried the Tabernacle, tae hear the visitin preacher, the famous Mr Haldane. He had been lookin forrit tae hearin this great deliverer o the word o the Lord fer weeks an had promisst his wife he'd meet her in plenty time tae mak siccar they got a guid seat, fer Haldane's preachin aye drew a big crowd.

'Naw, naw that'll no dae lassie. Jist ye gang an tell him A'm needin a ward.' This wis said wi sic a stern look that the wee lass scuttled awa back intae the hoose tae deliver the message. She wis back in less than a meenit an ushert Jock intae the big dinin room. There at the heid o his big table wi aroun a dizzen o his faimlie wis the merchant. Takkin aff his hat as he cam intae the room as a sign o respeck, Jock immediately said, 'Guid day sir, that's the Greenland boat in an she's droppin anchor in the roads jist the nou.'

Jock expectit thanks fer this gey welcome news. Howivver the merchant got up fae his chair an wi a sad look on his face cam towards his employee sayin, 'Och John, John, this is the Lord's Day and no time tae be bothering aboot business.'

As he said this he took Jock by the airm an steerit him oot intae the hall, closin the dinin room door ahent him.

He leant close an whispert intae Jock's lug. 'Come on then Jock, gie's the news, did ye see if she wis weel loadit?'

Standin back an pittin his hat on his heid, Jock lookit the mannie straicht in the face an said, 'Ye were richt whit ye said. This isnae a day fer business talk. A'll tell ye the morn,' afore walkin oot the door.

Davie an the Polar Bear

ER A LANG TIME Dundee wis proably the maist impor-
tant centre o the whalin trade in Europe. Afore the
development o petrochemicals, whale oil wis uised
across a haill range o activities, domestic an industrial.
The demand wis sic that there were haill fleets o ships headin
tae the Arctic Circle ivvery year tae hunt the whales. Ships fae
Dundee like the *Balaena*, the *Terra Nova*, the *Arctic* an the
Aurora are still sung aboot the day. Nou it wis a hard life the
whalin. Apairt fae the constant cauld, the coorse grub an the
back-breakin work o huntin an cuttin up the whales – which
wis a richt dirty an smelly joab – there wis ae fear that the
whalers aye had. That wis the fear o gettin stuck in the ice an
haein tae spend the winter in the Arctic Circle. This happent
time an agin when captains were tryin tae fill their holds wi
blubber or nou an agin were jist ower greedy an kept lookin fer
mair whales eftir the winter wis comin on. Some ships that got
caught in the ice were crusht an sank while ithers, due tae the
skills o the Dundee shipwrichts, lastit weel enough through the
months o bein nippit by the great ice field. In sic situations, wi
the men usually buildin shelters on the ice wi bits o the ship's
superstructure, there wisnae a lot tae dae. This meant that the
sailors wha were musicians, like ma great-grandfaither Willie
Alexander, that wis a carpenter on several whalers, were peyit
extra, seein as he playit the melodeon. Music-makkin wis gey

important in helpin tae keep up the morale o onie crew strandit on the ice thru the lang dark months o the Arctic winter. Anither wey o passin the time wis, as ye cin imagine, tellin stories, an some o the tales that were tellt are still aboot the day.

Apairt fae the boredom o bein stuck on the ice wi naethin tae dae aince ye'd built yer shelter, there wis ae major problem wi owerwinterin. That wis the grub. The ships aye cairried enough hard tack – ships' biscuits, – an canned salt beef tae last the winter but that wisnae onie o yer *cordon bleu* grub. The ships' biscuits needit tae be soakit in hot tea fer aroun ten meenits afore they cuid be chewit an the taste o biled salt beef wis ane that soon lost onie attraction it micht hae had. So there wis aye a longin fer fresh meat an this mainly meant seal meat. Nou seals were sometime huntit fer their blubber if whales cuidnae be fund, but the meat itsel wis greatly preferrit tae salt beef oot o a can.

Ae time a bunch o lads were bidin on the ice alangside their ship that wis nippit by the ice. The shed they'd pit up tae sleep in wis aroun thirty feet lang wi a door at eethir end an in the middle a great muckle stove that was fed wi whale an seal blubber. This meant that the place wis smoky an smelly an aw the lads were sheer mawkit wi clairt. But seein as awbody wis in the same boat, sae tae speak, naebody wis that bathert. They'd been there a guid whilie an aw the seals that had been in the area were lang eaten. They were back on hard tack an salt beef. Nou ae day a couple o the lads had gone up tae the craw's nest on the ship an spottit a polar bear no far aff. It wis weel kennt that some polar bears develept a taste fer human flesh aince they'd tastit it an it wis said that they much preferrit tae eat the Dundee lads raither nor the English or the Norwegians an ithers that were in the north, it bein a maitter o taste ye see. Whitivver, it wis decided that a polar bear wuid mak a fine addition tae the menu – there wuid be a lot o it an it wuid provide a grand break fae the salt beef. So the lads drew lots tae see wha wuid tak the gun they had, an auld muzzle-loader ower five feet lang, an go get the baist. It cam as nae surprise when the lad chosen tae go eftir the bear was wee Davie. Nou Davie wis no even as tall as the gun – he wis only fowerteen an this wis his first ivver journey tae the Arctic an he wis haein a hard enough time withoot this! Howivver the aulder lads tellt him, 'Ach it'll be the makkin o ye, Davie. Jist think whit the lassies'll mak o ye when ye get back an tell them ye killt a polar bear!'

Sae eftir a fair amount o encouragement (an twa three nips o rum) Davie went oot intae the ice pack wi the gun lookin fer the polar bear. Nou it wis gettin near tae midwinter and there wis only aboot an hour or so o daylicht when he went oot. Dinnae think tho tha he wis gangin oot ontae a flat plain. The ice pack wisnae like an ice rink – wi aw the squeezin and twistin fae the movement o the sea alow, the ice field wis fou o hummocks an cliffs o ice an ye cuidnae see far ava at grund level. Ane o the lads had shinnit up the ship's mast an had caught sicht o the bear an sent Davie aff in the richt direction tho. Sae there he was cairriein the muckle great gun an peerin aboot, feart that he'd see the baist an hopin that he wuidnae. He kennt if he didnae see it eftir a hauf an hour or so he'd have tae heid back. Naebody wuid be able tae blame him fer comin back afore the dark cam doun.

That wis his plan but jist as he cam roun a big lump o ice whit shuid he see aroun fifty yairds in front o him but the bear. He stoppit an began tae shak wi fear. The baist saw him an raised itsel up on its hinner legs an gied oot a great roar. Nou Davie micht hae been near wettin himsel – nivver a guid idea in the frozen north – but he wis made o guid stuff. He hoistit the muckle gun tae his shouther as the baist began tae chairge. Bang went the gun. The shock o the recoil on poor wee Davie's skinny boadie was amazin. He wis bowlit straicht aff his feet an tummelt three or fower times backarties, bouncin aff lumps o ice. Leein there on the ice he lookit up. He'd misst! The baist was nou on aw its fower legs an comin at him ower the ice at a great rate. Gien a great shriek o fear Davie loupit tae his feet an headit hell fer leather back tae the hut. If the ice hadnae been sae twisty an hummocky yon bear wuid hae had him nae bather. But the need tae turn an twist atween the knobbly lumps o ice wis slowin the great baist doun an Davie managed tae keep aheid o it. Still he cuid hear it wis catchin up on him. Despite the hammerin o his hairt an the rush o bluid in his lugs he couid hear the scrapin o its claws in the ice gettin louder, an louder. At last tho he turnt a corner an there afore him wis the hut. In he cam flat oot thru the first door. Straicht thru the hut he ran tae the door at the ither end, yellin as he went, 'A've brocht ane back lads, ye see tae him an A'll awa an get anither ane!'

Toshie McIntosh

NO AW O THE TALES that were tellt in the lang dark were funny tho. Ae tale that wis repeatit time an agin wis that o the famous Toshie McIntosh. Toshie wis an able seaman that wis on board the *Chieftain* that sailit tae the Arctic in the spring o 1884. Like maist o the crew he was assignit tae ane o the actual whalin boats. These werenae onie bigger nor a ship's lifeboat an afore the invention o the harpoon gun that was fixit tae the front o the whalin ships, the men went eftir the whales in these wee boats. There cuid be up tae hauf a dizzen o these boats, each ane o them wi a harpooner in the bow. Aince a whale had been spottit fae the craw's nest on the tap o the ship's mast, the boats wuid be launchit an the men wuid chase efter the whale uisin naethin but muscle pouer tae get at the baist. Aince they caught up on it, boat nummer ane, wi the chief harpooner on board, wuid get close an then he wuid fling his great harpoon intae the muckle baist. The harpoon was tied tae hunners o fathoms o stout rope an aince the whale tried tae get awa yon rope wuid whip oot o its coils at a fearsome speed. It had tae gang ower a special fittin on the bow o the boat or it wuid hae burst intae flames an pairtit. It wis near certain daith if onieboadie got caught up wi the rope as it whippit oot. Aince the first harpoon went in, howpfully the ither boats wuid be near enough tae get their harpoons intae the baist as weel. Then whit wuid happen wis the baist wuid sound – or dive. If there wis only a single harpoon they'd have tae chase eftir it tae stick it again aince it resurfaced. Doun the baist wuid go pouin hunners o yairds o rope fae as monie as hauf a dizzen harpoons ahent it. Bein a mammal it had tae come back up fer air an aince it did it wuid be pouin no jist the ropes but half a dizzen boats, each wi five or six lads in it. It wis simply a case o attrition. The lads wuid hing on till the baist wis exhaustit an cuidnae fecht nae mair. At that pynt the Chief Harpooner wuid cam alangside an stick the great floatin cratur wi a special lang spear, richt thru the hairt. This wis a gey mucky business an the lads in the lead boat wuid usually be splattert wi aw kinds o blood an guts at that pynt. Then they had the job o rowin back tae the ship pouin the deid whale tae begin strippin the baist o its blubber, anither richt filthy, coorse job an there is nae doot that the whalin lads earnt ivvery penny they were paid.

Nou there were monie things that cuid gang wrang as ye cin imagine an monie o the whalin lads endit up in Davy Jones' Locker ower the years. Oniewey on 3 May the *Chieftain*'s boats had headit oot eftir a whale when a bank o fog cam ower them. In tryin tae mak shair that aw the boats kept thegither, the Chief Harpooner Alex Bain somehou managit tae coup his ain boat. The lads scramblit back intae the boat aince they'd richtit her, but the boat steerer, Davie Bowman, wis missin. Nou as the Chief Harpooner Bain wis in chairge an he orderit Toshie McIntosh tae come tae him fae his position as boat steerer in boat three, an anither lad took his place there. Nou the lads in the lead boat, Bain himsel, Willie Christie, Jim Cairns an Wullie McGregor, were aw soakit thru an gey cauld. They did their best tae dry aff an set tae rowin – the exercise wuid keep them frae freezin up. When eftir a few hours it becam clear the fog wisnae goin tae lift they had a tough decision tae mak. Even wi the compass Bain had there wisnae much chance they cuid mak their wey back tae the *Chieftain* in the fog. Apairt fae ensurin there wis nae visibility, fog also insulated sound an soon enough the boats were separatit fae ane anither.

Fae the very first Toshie urged Bain tae heid fer Iceland. They kennt roughly whaur they were an this seemt tae be their best – if only – chance o survival. It wis agreed that this wis the best bet an they set at it. Aw they had tae eat wis hard tack an they werenae that weel aff fer fresh watter. Eftir three days o rowin, the saicont twa wi little mair nor a couple o sips o watter, poor Wullie McGregor, driven daft wi hunger, thirst, cauld an exhaustion, stairtit drinkin sea watter afore oniebodie cuid stop him. This wis a shair an certain recipe fer disaster. He went richt aff his heid an afore he cuid be tied up he flung the boat's compass ower the side. The ithers managed tae restrain him withoot the boat coupin but they were nou in a bad wey indeed. They'd rin oot o food an had jist a tickie watter left an even tho the fog bank had clearit awa they nou cuidnae be shair o whaur they were.

Whan dawn o the next short day broke McGregor wis totally insane. He wis ravin an foamin at the mooth, tryin tae bite awboadie an it wis a relief when wi a great gasp he died. They flung his boadie ower the side – they aw kennt o the terrible temptation o cannibalism an werenae goin tae let theirsels faw tae that level! There wis anither utterly miserable nicht an in the mornin the combination o cauld an exhaustion had gotten tae Jim Cairns an he too wis leein deid wi his heid in his airms. His corpse wis sent tae follae McGregor. The next agin day Willie Christie expired an Bain an Toshie realised that they baith had frostbite. Toshie's legs were swollen up tae twice their normal size but still he wuidnae gie in. The seas were nou gettin rougher an it took aw the strength o the pair o them tae jettison the harpoon rope tae lichten the boat. Tired oot by the effort Toshie fell asleep an wakent jist as the dark was comin on. There in front o him he cuid clearly see that Alex Bain too had passit awa. He was aw on his lane, frostbitten in an open whale boat in the Arctic Circle.

Eftir bein at sea fer echteen years – since he wis fowerteen – Toshie nou began tae pray fer death. The thochts o his wife an yung son back in Dundee had kept him goin this lang but nou aw he wantit wis tae stop breathin. They had got lost on 28 May an nou it was 11 June an he had had enough. It wis then that his boat wis seen by a Danish fishin boat. They were aff the north o Iceland – even wi the compass they'd sailit richt past. When he wis poued on board the fishin boat Toshie wis barely alive, but he wis alive. Luckily there wis a whalin boat nearby an the lads on the fishin boat took him tae it. There baith his legs were taen aff jist alow the knees; an operation he saw wi his ain een, fer despite bein dosed wi chloroform Toshie didnae lose consciousness till it wis aw duin.

A few weeks later he wis back in Dundee tae find oot that a fund had been set up fer the lads that had got lost fae the *Chieftain*, an that a couple o the ither boats had made it tae Iceland. Toshie got five punds tae help him an his wife an bairn, no a fortune but a guid help back in those days. When the story o his survival an the incredible journey he had made wis prentit in the papers he wis gien money by Lord Derby tae get a pair o widden legs made. Howivver Toshie wis a mannie that wis made o stern stuff an on bein gien a haun-operated tricycle by a local meenister he decided tae ride tae London tae try an raise money tae get himsel the maist modern prosthetic legs that monie cuid buy. An he did it – aw the wey tae London – the papers were fou o the story o this brave whaler. No only did he get his new legs, Toshie then lookit aboot fer a job. Soon eftir, he landit the job o level-crossin attendant at Broughty Ferry an went on tae live a guid lang life an be faither tae seeven mair bairns. It was a story that continued tae inspire the generations o whalin men that cam eftir him.

Lookin on the Bricht Side

A YEAR OR SO eftir Toshie wis becomin somethin o a national hero in the papers, anither Dundee lad ran intae a bit o trouble in the north. This wis Peter Wylie wha's ship had got nippit in the ice. Peter had been coupit fae his whalin boat the day afore the ship wis nippit an despite bein carefu had endit up gettin frostbite in aw his toes. His pals aw tellt him he wis a lot better aff nor Toshie an Peter bein a cannie lad wis gled he hadnae fared worse. The follaein summer back in Dundee, he wis sittin at a table in ane o the monie dockside taverns that uised tae inhabit the place, when an auld pal o his, Willie Storrar, cam in an saw him.

'Peter,' he cried, 'hou are ye daein ma man? Will ye tak a dram?'

'That A will an gled o it,' said Peter.

Willie went tae the bar an cam back wi a couple o large drams o rum.

'A heard ye were nippit ower the winter,' Willie said aince they'd had a wee sip o the cratur, 'an it wis fell bad.'

'Och aye,' Peter smilit, lickin his lips, 'it wis coorse richt enough.'

'Aye, aye,' Willie went on, 'A heard ye got the frostbite an lost yer taes?'

'Och aye, A got the frostbite, but A didnae lose ma taes awthegither,' Peter cam back wi a cheeky grin, 'A've gotten them richt here!'

An reachin intae his weskit pocket he poued oot a handfu o wee banes an scatterit them on the table like dice. 'A thocht A micht as weel keep them.'

They were hard lads, the whalers, an Peter's joke wis the stairt o a fine nicht fer him an Willie.

The Shift Spanner

NOU WHAN IT WIS first fund oot that there wis oil alow the North Sea there wis excitement thruoot Scotland. Politicians went on the telly an tellt awbodie that there wuid be hunners an thousans o jobs – fer men – fer years tae come. Places like Aiberdeen an Montrose suin managed tae get a haill load o jobs an fowk fae aw ower the United Kingdom were soon warkin on the rigs. Nou mony fowk thocht there wis somethin awfy glamorous anent the oil business but them wha went oot ontae thae great festerin stacks o steel in the middle o the North Sea cuid tell ye jist hou borin it generally wis. Eftir aw, ye were stuck oot on a rig, miles fae oniewhaur an coopit up wi yer warkmates for twa, three weeks at a time an whiles a lot langer nor that. Bein foggit in wis a regular event. At the beginnin o it aw thae rigs were coorse places wi nane o the amenities that cam aboot in later years wi onboard gyms an wee cinemas showin the latest film releases. An o course there wis nae drink alloued on onie o the rigs – apairt frae the odd can gin ye were stuck oot in the North Sea ower Christmas. In fact there wis a lad that went ontae ane o the drill rigs for the first time, that had jist come oot o Durham jile whaur he'd been servin time for nickin cars.

'Weel then Geordie,' askit ane o the drill crew, 'whit's this like compared tae Durham jile?'

The lad lookit long at the mannie askin the question, than

took his time tae look roun the canteen whaur they were sittin, then said, 'Weel, bonnie lad, in Durham jile ye get visitors.'

The life was gey roch for maist lads as the normal darg wis twal hoors on an twal aff, bit there were mony times, partick-larly on the drill floor, whan fowk were daein a lot mair hours nor that, an gien the length o time maist lads were warkin, the money wisnae that grand. The fact that ye only had twa weeks a month tae spend yer siller though, suitit a lot o the single lads jist fine! It wis hairder for the mairriet men tho, A daur sey there were a few o them that were glad o the fortnicht's escape fae the wife an bairns. Eftir a few year things settlit doun on maist rigs an the turnower o men, that had been gey conseed-erable at the stairt, began tae dwine awa. Fowk got uised tae the lifestyle an there's still some fowk daein it eftir mair nor thirty year.

Oniewcy there wis ae rig that had a bit o a reputation for bein a richt baist o a place tae wark. We'll cry it the Christian Cross tae save the blushes o the men that uised tae wark on it. It wis richt auld, lang afore it turnt up in the North Sea. It had been drillin oot in the Far East an the Gulf o Mexico afore it cam tae Scotland an the story went that it wis held thegither wi chewin gum an sellotape (it wisnae quite thon bad, but near enough). It had peyed for itsel ten times ower afore comin tae Europe but the nature o the oil business meant that it wis bein uised till it fell apairt. It had been sellt on fae ae oil exploration outfit tae anither, time an agin an ilk ane o thae companies wantit tae mak siccar they got their siller's warth oot o the auld baist. There's naebody keener on siller than an American oilman an there were them wha said that they werenae Christians like they aye said they were, but that they were worshippers o Mammon.

Weel be thon true or no, the mannie in chairge o the auld Criss-Cross wis aye gangin on aboot hou much it cost tae keep the rig goin. He wis cried the OIM, the Offshore Installation Manager, tho ahent his back he was usually referrt tae as TRB, staunin for Thick Redneck Bampot which wis a bittie unfair for he wisnae really that thick. The cost o keepin a rig oot in the North Sea wis tremendous, whit wi aw the wages, the steel for drillin, the fuel needit tae keep the rig goin an aw ither sorts o costs. The profit wis best whan they cuid hit oil, or gas, wi ane o the early exploration wells suin eftir bein towed oot tae sea. The Criss-Cross tho had been oot for twa month an ivvery hole she drillit had come up dry as a meenister's thrapple. The puir OIM was gangin gyte. Daily day he wis gettin faxes fae his Heid Office in Houston askin whit wis wrang an makkin it clear that his joab was on the line gin he didnae get the oil flowin suin. Nou he had made a lotta money but spent it jist as quick an wi a massive mortgage on his bit ranch in Arkansas an a wheen o bairns tae pit thru college, ye cin weel see that the puir mannie wis a bit stresst oot! Oniewey, this day they had been drillin doun tae twenty thousan feet whan the drill-bit broke.

Nou yon drill bits cost thousans o dollars an this wis a bit o a disaster. Whit was jist as bad wis it meant they had tae stop drillin. No tae stop warkin though, for the drill pipe had tae be haulit up, ae thirty foot section at a time, unscrewit an stackit. Nou ye can imagine jist hou lang this was ginnae tak wi twenty thousan feet tae uncouple, an the puir OIM wis in a richt state. There's them'll tell ye yet there wis steam comin oot his lugs wi aw the force o the stream o expletives that wis comin oot his mouth. Ilka meenit's delay wis costin him money in bonus as weel as stackin up the costs for the company an he wisnae a happy man. Howivver him staunin on the drill floor cursin at awbodie an awthin didnae really help, an the driller, anither Yank, fae Louisiana an rejoicin in the nickname o Smokey the Bandit (oreeginality wisnae that common on the rigs ye ken), taen him tae ae side an managed tae get him tae gang back tae his office while the drill crew wheeched the pipe up.

Nou the drill crew that wis on thon day were near aw Scots, mainly fae Dundee an Aiberdeen. Normally their twal-hour shift wis hard enough bit they had been warkin flat oot for three days, warkin an sleepin wi hardly time tae eat, jist like the ither drill crew wha were sleepin at the time. They were near peggit oot but the OIM had been on their backs an the pace nivver drappit. Normally Thrawn Tam, a strang, wee, wiry fellae fae the Hilltoun area o Dundee wuid keep them aw goin wi cracks an jokes, but een he wis near the en o his tether an aw they cuid get oot o him wis curses an moans. Tam had been on the rigs syne the verra stairt an haud nivver been feart o a hard darg, but this wis gettin oot o haun, he wis thinkin.

His pal Frank, a big Geordie, cuid hear him mutterin awa in alow his braith as they warkit awa, an it wuid be fair tae say that muckle o whit he wis seyin wisnae warth repeatin, tho A've heard tell there's some writers wha like tae fill pages wi thon kind o language, gin language wis whit it wis. Oniewey the drill flair thon day wisnae a happy place tae be. On an on the wark went, richt tae the en o the twal-hour shift whan Thrawn Tam, Frank an the rest went tae their beds an the darg wis taen ower by the opposite shift. Maist o Tam's crew didnae hae the energy tae even eat an jist collapsed in their bunks, they'd been warkin that hard.

Tae Tam it seemit gin he'd jist gotten aff tae sleep whan it wis time tae get up agin an get back oot on the drill flair wi jist enough time tae grab a bacon piece or twa. On an on an on it went, wheechin up a length o pipe, unscrewin it wi the great big big shift spanners an the crane cairryin the pipe tae the caged area at the side o the drill flair. It wis aye hard an fell dangerous wark but wi the crew gettin sae tired things were no normal an fowk were gettin dunts an sprains near aw the time. At last tho the final pipe cam up an they cuid get at the broken drill heid. by this time the OIM wis back on the flair shoutin an ragin at awbodie tae hurry up. While the drill bit wis taen aff an replaced by the driller an his assistant, Davie an his pals took the chance of nippin aff the flair for a wee smoke – in thae daes it seemit like near awbodie on the rigs wis keen on tobaccie, an mebbe a few ither things forbye – which is hou Smokey the Bandit got his name. The fact that ye cuid get duty free baccie an fags fae the rig shop jist made it aw the better. They'd barely had a few puffs an sip or three o coffee in the canteen whan the OIM burst in an shoutit at awbodie tae get back tae wark. The new drill bit wis fittit an it wis time tae get fittin pipe agin. Ane o the things aboot the rigs, apairt fae the claustrophobia an the constant racket, wis there wis nae place tae hide. Sae they were aw back on the drill flair an hard at it. Nou it wis the reverse o afore but the onlie cheenge tae the drill crew wis they were pipin doun no up. The same endless darg went on an on agin.

Suin there wisnae even the energy left tae curse an by the en o the twal hours whan the o ither crew cam on, Davie's shift lookit like men wha had come thru hell, or mebbe warse. Even Frank, a big fella wha had been in the SAS for a puckle years an kennt aw aboot hard bluidy graft, wis sae tired he nearly misst haein his grub – an that had nivver been seen afore. Sleep, blessed relief, thocht Davie as his heid hit the pillae.

Bang, jist as suin as his een shut it seemd they were open agin an aince mair there wis jist time for a smoke, a cup o coffee an twa bacon rolls afore he haud tae get back tae the drill flair. Nou the ither crew had surpasst theirsels in their twal hours an Davie's crew hadnae muckle pipe tae pit doun afore it wuid be time tae stairt drillin agin an they cuid aw tak things a wee bit easier. Ye cin imagine the comments fae the ither lot, mainly Glaswegians an Liverpudlians, an odd mix, but they got on fine. 'That's hou tae shift pipe, ye kettlebilers an sheep-shaggers,' wis aboot the maist repeatable thing shoutit at Davie's crew as the ithers headit awa aff shift, shair that things wuid nou calm doun.

Nou the terms kettlebilers an sheep-shaggers arenae that weel kennt but are specifick terminologies that refer tae Dundonians an Aiberdonians, weel tae the males o the species. The Dundee men were cried Kettlebilers for it wis a weel-kennt fact that eer syne the nineteenth century the mill bosses in Dundee had figured oot it wis cheaper tae employ weemin nor men in their jute fac-tories, meanin that in mony faimlies the wife endit up as the breidwinner an the men were forced tae bide at hame an bile the kettle. As for the Aiberdonians' nickname, that wis jist badness on the pairt o Scots fowk fae the central belt, suggestin that the Aiberdonians werenae really city-dwellers but nae mair nor county yokels. Sic jests cin be on the cruel side but ane o the Australian mud-loggers on the Criss-Cross did sey there were an awfy lot o Aiberdonian settlers amang the first wave o white fowk tae arrive in New Zealand.

Oniewey things lookit like they wuid settle duin an awbodie wis wantin tae get drillin agin an they were aw prayin, een the pagans like Tam an atheists like Frank, that they wuid fin oil suin. This wuid mean they cuid cap the well an move awa tae anither site an let a production rig come in an start sookin up the oil itsel. The Criss-Cross wuid be movit tae a new location afore stairtin aw ower agin an it wuid be a cannier time, tho they'd be thrang enough reddin up an maintainin aw the gear on the drill flair. Sae it wis wi an air o some relief that the order cam tae stairt drillin agin jist a couple o hours eftir. The drill crew stood back, ower tired tae smile, as the chains went roun the pipe an the great motors that drove the drillin kickit in.

There wis a general air o relaxation as the pipe stairtit turning an even the OIM had gone kinna quiet; then it stairtit. A horrible skraichin noise, like the squealin o a herd o metallic pigs, pierced thru the air.

'Stop drillin,' screamit the OIM, wi a few choice wards thrown in aboot.

The motors stoppit; there was total silence on the drill flair. Aw that cuid be heard wis the steady deep thump o the air compressors. Naebody said a ward. The bluid had drainit fae the OIM's face an a look o utter disbelief cam ower it as he raised his hauns tae his face. Naebody daurd move, they aw kennt whit yon awfu yammerin soun meant. Somethin, some foreign object, something made o metal, had gane doun the drillhole, naethin else wuid hae made yon soun.

In a deid quiet voice the OIM said, 'Pull it up.' This time there wis nae sweirin an the quietness o the wey he said it made awbodie feart. Bad as things had been, nou they were a lot warse.

Sae it stairtit agin, the pouin up o the pipe, an the exhaustit men were nou aw in the grip o somethin ye cuid but cry dread. Somebody had screwit up, big time. Shair, they were aw fell puggled, they had been at it for day eftir day withoot a break, but this wisnae onie normal problem. They were aw seek fed up wi the blusterin an bullyin o the OIM but aw kennt that ane o their ain had caused this latest bather. On an on it went, wi the OIM watchin deadly silent. Richt thru their shift they warkit but naebody wis alloued aff the drill flair. The ither drill crew cam up tae watch but there wis nae banter nou – awbodie kennt this wis costin the company a fortune, an the OIM himsel wis losin siller haun ower fist – he'd promisst tae find oil an yet here they aw were, day eftir costly day comin up dry, an nou this.

It seemit forever they warkit on, grabbin at bacon rolls an plastic cups o coffee that the OIM had brocht up fae the canteen. This wis agin aw standart practice but he wisnae gonnae let oniebodie aff the flair till he fund oot whit had gone wrang. It wis nearly twenty hours on when the pipe cam clear tae show the drill heid aw rackit an split. Naethin wis said an at a nod fae the OIM the driller stairtit feedin doun a lang line wi a magnet on the end. Nou they wuid fish for whitivver wis at the bottom o thon deep dark hole. Awbodie had been prayin that a bit o pipe casin had broken aff an drappt tae the fit o the hole, but aw the pipes had come oot intact. The silence went on as the line went doun an the driller stairtit tae fish for the foreign object. Then he haud it, an the journey back tae the surface began. Ye cuid hae cut the atmosphere on the drill flair wi a knife thon day.

At last the line cam clear o the hole in the drill flair. There on the end wis a twistit an scrunchit-up lump o metal. There wis a gasp as awbodie realised whit it wis. It wis, or it haud been, a shift spanner. A big near three-fit lang spanner uised tae unscrew the pipes. Somebody had left it lyin aboot, or had drappt it, an wi the tiredness an pressure it hadnae been noticed an had somehou gane doun the hole.

As it was drappit tae the drill flair the OIM went ballistic. Gin his language turnt the air blue afore, nou the verra atmosphere was sizzlin as he rantit an roarit at the lads. Useless, stupit, subhuman ignoramuses was the gist o it that ye cuid jist aboot pick oot amang the expletives as he went his dinger.

'Whose is it? Whose is it?' he screamed. 'If the dumbfuck who let this fall ain't ownin up ye're all goin home on the next chopper, all of you mother-fuckin Scotch bastards, whose is it?' he yellit.

The exhaustit crew aw lookit at ane anither. They kennt fine he wisnae jokin. They were aw abou tae lose their jobs, for there wisnae onie o them wis goin tae clype. No eftir aw they had been thru thegither. Gin the OIM hidnae been sae driven, likely this wuidnae hae happenit ava, they were thinkin. There wis silence agin.

Then Tam steppt forrit an squattit doun by the crumplit piece o metal lyin aside the hole in the stack that led tae the seabed for the drill pipe tae fit in.

'Aw weel,' he said, 'A reckon it's mine's. See here boss, ye cin jist mak oo oot ma initials.' An he pointit tae the scratchit letters T T for Tam Turnbull.

'You fuckin little mother-rapin heap o shit,' roared the OIM as he dived at Tam. Luckily Frank an anither ane o the crew got him by the airms an held him back as Tam stood up an lookit at him.

The OIM strugglit for a few seconds, his face beetroot reid an his braith comin in great gulps. Then he shook himself an lookit at the men haudin on tae him. He noddit an they noddit, an let him go. 'Right then, you're on the next mother-fuckin chopper you son-of-a-bitch. You've cost me a fortune. I'll make sure you never work offshore again, now get out of my sight.' He glared at the wee, curly-haired and bearded man afore him.

'So ye're sackin me then,' askit Tam in a quiet voice.

'Damn right, you little mother-fuckin heap o shit,' snarled the OIM.

'An ye're tellin me ye're goin tae blacklist me an aw,' Davie went on jist as quiet.

'You can bet your bastard bottom dollar on that, boy,' spat the OIM.

'Ach weel then,' replied Davie wi a wee smile, 'A'll no be needin that agin.' And he kicked the twistit lump o metal, that had aince been a shift spanner, richt back doun the hole.

Hungry Nan

IT'S NO SAE LANG SYNE Scotland's ports, afore the comin o containers and container ships, were places whaur hunners o men warkit. Ships brocht aw kins o goods, including food fae aw ower the warld an they had tae be unloadit by haun. Weel there were cranes an lorries an ither gear but the maist o the wark wis still bein duin by men. The haill county dependit on the dockers tae keep goin. They were a hard-workin crew an seein as the wark wis coorse they cuid be a fell roch lot. The docks were nivver the kind o place for them wi a sensitive nature, or at least it wisnae a smairt move tae let on that ye were oniethin ither nor a hard, teuch man, that wuid staun for nae nonsense, be it fae a boss or onie ither bugger.

Nou these days the blatts an the goggle box are aye bangin on aboot grub – hou we're aw supposed tae be takkin tent o wir Body Mass Index an ither like stuff, like we shuid aw luik as if we were models wi nae a pick o flesh on our banes. Thae auld dockers wuid suin put ye richt anent sic notions. They maistly liked their weemin tae be a generous handfu but they were keen on their grub forbye. Gin ye tried tae shift tons o stuff ilk day by haun – warslin wi great cases o machine pairts, bales o jute or cotton, or great pallets o fruit an vegetables, ye wuidnae get faur on salads an cottage cheese, A'll tell ye. Back in thon times, an it's no that lang syne even yet, the men wha warkit the docks needit guid, sensible grub. Nouadays ye see the strang men on the telly an that's whit they auld dockers were like – no aw o them, there are aye wee wiry fellaes that cin keep up wi lads twice their ain size, but the feck o them – tho the chyce o grub ye haud wisnae oniethin like ye get in restaurants the day. It wis tradeetional grub that they liked, beef stews and pies and tatties an mince, wi dumplins an mealie puddins an piles o tatties and neeps and carrots, an mebbe Brussels sprouts or cabbage. An it wis aye the thing tae hae a three course dennir – at dennir time, nane o this fancy middle-class notion o takkin yer dennir in the evenin – the warkin man wantit his grub in the middle o the warkin day tae keep him goin till lousin time. An gien the need o the dockers for thousans o calories there wis nae uise ava in them takkin pieces wi them tae their wark – they needit guid, hot, hairt-warmin, wame-stappin grub.

Sae ilk port in the county had its ain dockside cafés – places whaur the average portion wuid fleg the life oot o aw thon nutritionists ye get the day. An three courses wis the norm in sic places – soup, the main course an a sweet. An the puddins, weel, nane o yer fresh fruit salads there me lads – naw, naw, it wis steam puddins or rice an raisins or aipple pie an cream, jist the ticket tae round aff the dennir. Mind maist o the lads wuid hae twa or three courses at their tea forbye – besides a few pints o heavy beer – jist tae keep their strength up.

An the soups, nane o yer consommé nonsense for the warkers, naw, naw, ham an pea, or lentil, or cockieleekie or Scotch broth – the kind o stuff the auld lads wuid aye tell ye wuid stick tae yer ribs. Plain honest food for straicht honest fowk wis the order o the day.

Nou there wis ane o thae dockside cafés in ane o oor ports that had a grand reputation (ye can tak a guess if ye like). The dockers there wuid queue up at Hungry Nan's ilka lunchtime tae get their mait. Nou Hungry Nan wis whit ye wuid cry a character. Whan this tale took place she wisnae that auld. Mebbe in her early forties or thereaboots but ye wuid hardly ken. She wis built for hard wark, a richt chunky wumman wi a big, florid face, mousy broun hair aye tied up in an auld scarf, airms on her like she wis a docker hersel, an aye tae be seen wearin an auld broun dress alow her apron, which micht no aye be as clean as some fowk micht like. It didnae bather her, but in aw the years she ran yon café there wis nivver a hint o oniebodie gettin seek fae eatin Nan's scran. She wisnae whit ye wuid cry bonnie an her name gied her character. It wisnae that she wis that fond o food – whit she wis fond o was whit her food cuid bring her – siller. She wis aye hungry fer siller. In fact it wis said her ainly ambeetion in life wis tae be at the heid o the list o siller left by the raicently deceased, that got prentit in the local squeak ilka Monday mornin. She wis mebbe thrifty but she wisnae mean – the portions she served up were aye generous an fowk were aye walcome tae second helpins o her soup. Tho nae great beauty she had a man an three braw bairns, but the thing aboot her wis that she wisnae feart o hard work, an man cuid she cook! As hard as she warkit, an wi a man that fowk said wis a shilpit wee thing an feart o wark, she had her ain hoose tae rin forbye, an her bairns tae bring up. That micht o been how she had a wee bit leanin taewards bein grumpy, but them that had kennt her aw her days said she had aye been a bit like that. She kennt whit she wantit in life an went for it. In later years she took ower a pub in the toun an makkin a success o yon forbye, endit up wi a fine big hotel in the county that wis weel-kennt for the waddins an dennir-dances that took place there.

Ane o her specialities een in the auld days at the docks had aye been pea an ham soup. Oh but it wis rare, thick an creamy wi loads o bits o guid ham in it an monie o the dockers were richt fond o plate or twa o it whanivver she made it, which wis usually on a Friday. Ane o the dock lads that fair loued Nan's pea an ham soup wis a lad they cried Big Dod. An what a big dod o man he wis. A third generation docker, he stood six feet fower inches in his stockin soles, wis built like a bull an for a bet wuid lift his pal Wee Tam, six feet an fowerteen stone, on the blade o a shovel wi one haun! Nou Dod wis a famous eater an regularly ate twice as muckle as maist o the ither dockers – 'A've a big load tae cairry,' he wuid say, 'an A need a lot o fuel, gie's anither platefu…' He wis a regular at Hungry Nan's an he wis fair daft on her pea an ham soup. He'd sometimes hae three or fower platefus o it – an these were yer big auld-farrant soup plates, nane o yer portion control nonsense in them days.

Weel Big Dod wis the heid o a haill gang o dockers an wis nivver short o cash. The wey he ate, an drank, it wis probably jist as weel but by the time aw this cam aboot he wis gettin on a bit. He wis in his late fifities an aw his bairns were awa fae hame, had trades or had mairriet on lads wi guid jobs, an there wis jist him an wee Jeannie his wife. Tho they baith liked tae spile aw the grandbairns there wis nae doot that, Jeannie haein been gey canny wi siller aw her days, they were pretty weel aff an whan the last bairn went aff tae get mairriet she had naggit Big Dod tae move oot o the tenement they had bidit in aw their mairriet life, an intae a bonnie new wee bungalow hauf a mile awa. 'Oniethin for a quiet life,' had aye been Dod's attitude whaur Jeannie was concernt, tho he loued her weel in his ain wey.

That year there had been a fire on ane o the ships in the dock, a ship haudin bales o cotton an ither material an in order tae control the blaze the fire-maister had tellt the dockmaister that it wuid be best tae unload the haill lot as quick as possible in case the fire spreid. He wis worried, ye see, that a spark or twa cuid smoulder awa unseen in the bales an flare up agin at onie time. Weel this wis a richt pickle an tae try an save the ship the dockmaister had tae get the dock lads tae agree tae unload the ship at a single go, kennin fine that the ship owners wuid be no weel plaised whan they heard whit it wuid cost them. For the dockers werenae daft an kennt fine that unloadin this boat wuid be fell dangerous wark. So their union mannie had a ward wi the gangers an they demandit triple time an a bonus as danger money. Nou they werenae at it – they cuidnae be shair that they wuidnae get caught in the middle o a firestorm in the holds o the ship an that their lives wuid be on the line. There wis anither complication in that somebody had tae tak responsibility for the joab as it wisnae pairt o the normal rin o things an the bosses were fair reluctant tae be legally exposed an responsible for men daein sic a dangerous job. Sae it cam tae the fact that tae get things gangin forrit the dockers needit ane o their ane tae tak on the joab o bein boss – an wha better nor Big Dod?

Weel as it warkt oot naebody got hurt ava, tho it wis a lang an dirty joab. Awbodie on the docks made a fair hantle o siller but maist o aw Big Dod, he wis rollin in it. Sae in a week or twa the cracks stairtit comin.

'Ye'll be retirin an buyin a big hoose nou, eh Dod,' wis ane, an 'Here's the rich man comin lads, we'll mebbe get a sub,' wis anither. The wey things were, Dod actually did stairt in tae thinkin aboot retirin. It had nivver crosst his mind afore, tho Jeannie wuid whiles drap the odd hint. Dod had been a warkin man aw his days an didnae ken onie ither wey o leevin. But there wis nae doot that the wark wisnae as easy as aince it had been, an he had mair nor ane or twa aches an pains in his joints at the end o a shift, an he shairly had enough siller tae last him aw his days an leave a bit for Jeannie and the bairns forbye, aince he died.

The thocht took haud an shair enough athin a six month o the big fire Big Dod haunit in his jotters. Despite aw the cracks naebody had ivver thocht he wuid really dae it. But there they were, Big Dod was retirin, an afore his sixtieth birthday. Weel it had lang been a tradeetion in the docks that pey-affs whan a man retired were wild affairs an wi Big Dod staunin his haun it wis some do. It stairtit wi him leavin on the Friday nicht an wis still gangin on Sunday mornin. There were a fair few sair heids yon Monday mornin an awbodie agreed that the place wuidnae be the same withoot him. His pal Wee Tam went aboot like a bairn that had lost his scone for a whilie but aw things pass, an athin twa three weeks fowk were jist aboot gettin uised tae no haein the big fella aboot.

Then the third Friday eftir the pey aff wha wis sittin in Hungry Nan's at lunchtime whan the lads cam in but Big Dod.

'Michty me,' cried Wee Tam, 'cin ye no keep awa fae the place min?' but wi a big smile on his face as he shook his auld pal by the haun.

'Ach, A jist had a notion for a plate o Nan's pea an ham soup,' replied a slichtly sheepish Dod, 'I've fair been missin it ye ken.'

'Och aye,' crackit ane o the yunger lads, 'ye've been gettin alow Jeannie's feet huv ye?'

Anither ane pit in, 'Naw he jist cannae keep awa frae Nan, is that no richt hen?'

Mind he shut up quick whan Dod gave him sic a look! Naebody wuid be daft enough tae get Dod's dander up, they'd aw kennt how strang he wis. So Dod had his dennir there wi the lads an went on his wey. Come Monday mornin tho there he wis agin. The lads were aw shair that Jeannie cuidnae pit up wi him aroun the house aw the time, but naebody wuid come oot an rub it in tae his face. Oniewey things went on. That week Dod wis in for his dennir twice, the neist week three times an athin a month or so he wis comin in for his dennir an a crack wi the lads near enough ivvery day.

Nou he wis still eatin like he had aye done but instead o gangin aff tae a hard eftirnane's wark he wuid head aff tae the nearby pub tae sit an crack wi the auld fellaes there, some o wha had been dockers whan he wis a yung lad himself. An whit wi Nan's cookin, a few pints an drams o a lunchtime an mebbe a sup or twa at nicht, Big Dod began tae get een bigger. He'd aye been on the massive side but athin hauf a year he had gotten tae the size o a house. Aw thae years o hard graft had made him a mountain o muscle an nou it wis aw turnin tae flab. Still he wis happy enough. Things were settlin doun an he wis comin in Mondays, Wednesdays an Fridays tae Hungry Nan's, an it maun be said she wis gled tae keep sic a regular customer, ane wha wisnae sweir tae gie her a big tip forbye. Nivver mind that she had kennt the man for ten year an mair, his siller wis whit she liked, tho she wuid gie him the time o day whan occasionally he sat in her wee café eftir the dennir rush wis ower. Nou the café itsel wis a wee bit widden hut wi twa rooms, a big ane whaur the actual kitchen an a dozen tables were laid oot, an a wee room thro the back wi anither hauf dozen tables whaur Dod had aye taen his dennir.

So it happent that ae Friday Dod had come in for his dennir. As usual there wis pea an ham soup an Dod cuidnae help bit hae a second big bowl o his favourite dish. Nan had howkit the big soup pot through an ladled him oot a second platefu an headit back thro tae the main room. A laddie there wis wantin soup tae an she had jist pit the pot on his table an ladled him oot a platefu an pickit up the pot aince mair, whan she heard a thud thro the back.

'Quick, Nan, come on ben, there's something wrang wi Dod,' cam a shout.

She hurried through the back, the pot still in her hauns. There in front o her wis Dod wi his heid in the soup plate.

'Whit happent?' she demandit.

A docker cried Lew Lewis piped up, 'Och he wis jist sippin his soup, an smackin his lips Nan, whan he gied a wee sigh an jist fell forrit intae the pea an ham. I think he's mebbe deid.'

'Deid? Whit? Deid? Here in ma shop? We'll see aboot that,' cried oor Nan. She pit the pot on Dod's table and grabbed a handfu o hair at the back o his neck, an poued his heid up.

'Dod, Dod, whit's wrang wi ye?' she askit, looking close at him. His een were glazed ower.

Aince, twice she shook his heid an lookit intae his een agin.

'Aye, aye, weel A think he is deid. He'll no be wantin the soup then.' An so seyin, wi her free haun she liftit up the plate o pea an ham whaur Dod's heid had been restin, an pourit it back in the pot!

The Kirkyaird Ghost

THERE WERE THESE twa lads, Tam an Wullie, that bade in a village jist ootside the toun. They'd been pals since they were yung, for fate had kind o thrown them thegither. Ye see Tam had been born wi a humph on his back an Wullie wi a club fit. It wis a wee place they were born intil, an maist fowk were related tae ane anither in some wey, so they hadnae been subjectit tae a lot o hard times by the ither bairns whan they were growin up. Still, whit wi their physical problems they had tendit tae end up thegither at the schuil whan ither bairns were daein physical stuff like rinnin aboot an pleyin gemmes, an fae that they had become gey close. As the pair o them grew aulder they jist seemd tae stick thegither.

By the time they were yung men they had baith lost their parents an had managed tae get jobs at the hand-loom weavin, which wis whit maist fowk aroun did back then. This wis a job that fowk did in their ain hames, wi a mannie deliverin threid an the weavers makkin up cloth that wuid be pickit up, when they'd get paid fer their wark. The pair o them had endit up gettin hooses next door tae each anither, wey oot on the edge o the village past the auld kirkyaird. Nou the kirkyaird was a remnant fae a lang time afore whan there had been an auld castle nearby that had been occupied by some heich-up bodie. Fowk said that back then the village itsel had been near ten times the size it wis nouadays. An richt enough the kirkyaird wis near enough a quarter o a mile lang on the twa sides the road tae the village ran alang. The extra hauf mile at times wis a fair trauchle tae them, particklarly tae Wull wi his club fit. An he didnae mind lettin oniebodie ken aboot it!

For ye see, Tam wis an open-hairtit, generous sowel wha wuid hae gien the shirt aff his back tae oneibodie in need, tho seein as he had tae get his shirts specially made it wuidnae dae ye muckle guid. Wull, tho, wis naethin bit a greetin-faced wee sumph o a man. Naethin wis ivver guid enough for him an tho fowk understood he'd been dealt a bit o a roch haun they did-nae see how he shuid aye be greetin, especially as he haud sic a guid pal in Tam. He wis ane o them that nivver cuid see the gless as bein hauf fu, for him it wis aye hauf empty an maist of the village fowk were glad his house wis a fair wey fae the hairt o things.

Tam nou wis kind o popular but he wis sic a loyal yung lad that he wuid aye stick wi Wull, een whan it meant that he wuidnae be in an aboot wi awbodie else. Whan they went tae the local pub, cried The Mad Dug by aw the locals, they tendit tae sit on their lane an despite Wull's constant whingein, Tam nivver let it bather him. He wis jist thon kind o happy-go-lucky lad, that aye had a smile on his phizzog nae maitter whit cam his wey, an he kennt fine if he didnae stick wi Wull that he'd be pretty much left his lane. Sometimes they warkit thegither an awbodie in the village kennt fine that Tam wis pittin wark Wullie's wey but the greetin-faced wee nyaff didnae seem tae realise it. He wis aye witterin on aboot hou Tam wis gettin mair wark nor him but like I said, Tam jist got on wi things an nivver let Wull's yammerin pit him up nor doun.

They were baith daein awa fine an ae nicht they had headit tae the pub for a pint or twa eftir feenishin wark. It wis ane o thae coorse Scottish nichts in November whan the wind wis howlin an the rain wis bein whippit up by a win that nivver seemed tae come fae the same direction for mair nor a meenit or twa. Thon fine ward dreich sums it up jist richt, cauld, wet an windy an nae maitter hou ye dresst, ye get the shivers. It had been bad eneuch whan they headit tae The Mad Dug but eftir they had been there for aboot forty meenits the weather had gotten warse yet. Apairt fae themsels there wis only ane or twa ithers in, maist o the regulars decidin tae keep close tae their ain firesides in sic a blaw. Weel the wind wis rattlin the pub windaes an there were regular blasts o rain, wi bits o sleet an hail comin thru it, jist the kind o nicht tae be in the pub richt enough, sae ye cin unnerstaun that the couple o pints led tae ane or twa mair, an then a dram, an afore ye kennt it, anither ane. Ilk time they keekit oot o the windae the weather wis jist as bad so it wis a natural kind o progression for them tae hae a dram or twa mair o the cratur, jist tae bigg up their strength for whan they wuid eventually hae tae gang hame. Nou that time got pit aff, an then pit aff agin an afore they kennt it it wis lousin time at the The Mad Dug.

Despite their protestations, Calum the barman, wantin hame himself, had nae intention o lettin a lock-in happen. He wis wantin awa tae his bed. Sae it cam aboot that Tam an Wullie stumbled oot o the pub intae the the teeth o a richt cauld, weet blast. They couried doun intae their coats, poued up their collars an leanin intil each ither, stairtit on the wey hame. Nou this wisnae the first time they had left the Dug a wee bit warse for the drink an they had nivver had onie bather winnin hame, een tho it micht tak a whilie, whit wi Wullie's club fit an Tam no bein prepared tae leave his pal ahent. Howivver this wis an extra dreich kind o nicht an by the time they had gotten alang the length o the High Street an were comin up tae the edge o the auld kirkyard they were baith shivverin.

They stoppit jist at the edge o the auld dry-stane wa o the kirkyaird wi the auld gravestones loomin in the swirlin rain an sleet ayont. Tam gied himsel a shak an leant ower tae shout intae Wullie's lug. 'Tae heck wi this Wullie, A'm goin tae tak a short cut thru the kirkyaird.'

'Whit?' said Wullie, pouin back an lookin at his pal wi his een poppin.

'Ye cannae dae that. Ye cannae leave me alane tae get hame Tam. An oniewey,' he shoutit agin the noise o the win, 'ye ken fine that the kirkyaird is hauntit, dinnae be daft. Jist come alang the road wi me.'

Bit Tam wis fired up wi whisky an didnae gie a snotter aboot onie supposed ghost an replied:

'Ach ye'll be fine wee man. In fact hou no come wi me, it'll get us hame a guid few meenits quicker?'

'Naw naw,' cried Wullie, pouin back agin. 'A'm no gangin in there an gin ye div, ye're no richt in the heid.'

'Ach weel, please yersel. A'll see ye the morn,' an Tam turnt tae the kirkyaird wa an climbit ower. He stumbled doun on the ither side an headit aff throu the auld gravestanes no even hearin Wullie shout eftir him in the wind.

On he went, weavin his wey thru the auld flat grave slabs at his feet an atween the big, crackit an lichen-covert gravestones fae sae monie years afore. The win was still skraichin like a banshee an he had his heid scruncht doun atween his shouthers, keekin oot alow his eyebrows tae mak shair he didnae trip ower a slab or bump intae onie o the great auld gnarled gravestones.

Then, oot o the corner o his ee he saw somethin aff tae his richt. At first he wisnae shair there wis oniethin ava an thocht it wis mebbe jist his imagination. He gied his heid a shak an keekit ower tae his richt fae the corner o his ee. It wis a licht... but whit an oorie kind o licht. It wis a horrible phosphorescent green like the mould on rottin flesh, an it seemt tae be pulsin tae some kind o oorie rhythm! 'Ach it's no naethin,' he mutterit tae himsel, no quite belieivin it as he speedit up. The oorie licht speedit up tae, an as his hairt began tae thump an the sweit burst oot on his foreheid he realised the licht wis keepin pace wi him as he warkt his wey atween the stanes. An it wis gettin closer, there wis nae doot. The langer he went on the closer it wis gettin. He realised that in jist a wee while he an the licht wuid meet thegither; he speedit up agin. By nou he cuid hear the thumpin o his bluid loud in his lugs as he tried tae gang een faister. Still the licht wis gettin closer an he began tae mak funny wee noises in his thrapple. Hou had he no listenit tae Wullie? It must be the ghost o the graveyaird. His een starin, an sweit pourin doun his brou, he skittert throu atween the auld gravestanes then – aw o a sudden – the licht blinkt oot.

Whit a relief. He stoppt an, leanin against an auld moss-covert gravestane aboot seevin feet tall he took a deep braith. 'Calm yersel Tam,' he said in his heid, 'Jist tak a deep braith an ye'll be awricht.'

Jist at that, the ugsome green licht explodit ahent the gravestane an he lookt up. There abune him wis a horrible sicht. A great ten-foot gochle-green cratur wi reid starin een an lang hair, like snakes writhin in seek, loomit ower him. It had great rusty reid teeth an airms like trees wi twistit an gnurlit fingers like brainches that were comin doun ower him. He stood an cuidnae move.

'Aaargh,' cam a soun like the crack o doom fae the cratur's mouth, 'A am the ghost o the graveyaird. Whit's tha on yer back?'

'Agh,' squeaked Tam, his een poppin an his neck muscles staunin oot like cables, 'Eh, eh, eh that's ma humph.'

'Weel,' boomed the ghost in a vyce that near burst his lugs, 'A'll jist hae that.'

It reacht doun an there was a crack like an explosion, the green licht swirlt an the monstrous thingie disappeared in a puff o smoke that smellt like keach.

'Aargh,' shoutit Tam an took aff, rinnin flat oot in atween the gravestanes like a slalom skier. He skelpt alang as fast as he cuid, loupin graveslabs an wee iron fences. Flat oot he cam tae the kirkyaird wa, an withoot a blink hurdlit it like an Olympic athlete, hit the grund on the ither side rinnin, an headit tae his house. Aince there he openit his door an slammit it shut ahent him, leanin against it as he drew braith. He wis leanin flat against the door? Aye, he cuid feel the door the haill length o his back! At that he faintit clean awa.

Come the morn, Tam awoke shivverin an shakkin, sprawlit oot on the flair ahent his ain front door, cauld, weet, shivverin an miserable. His heid wis poundin wi aw the drink he'd had the nicht afore.

'Och, whit an awfy dream that wis. A'll hae tae tak it easy wi the whisky fae nou on,' he said oot loud an he stood up. An up, an up. For the first time in his life he wis standin straicht! He cuidnae believe it. He ran tae the mirror in his bedroom an lookt at himsel. Richt enough his humph wis awa! It hadnae been a dwam ava!

Weel ye cin imagine the excitement aw ower the village whan ward went roun. First he tellt Wullie, an he wis sae fu o delicht at whit had happent he didnae see the funny look in his best pal's een. Than he had tae gang an tell his aunties an uncles, an afore ye wuid think it possible, the haill village kennt o the miracle.

Weel that nicht there wis a richt cairry-on in the The Mad Dug. Awbodie cam tae see the new Tam. An maist fowk wantit tae buy him a drink. Nou he wis fair taen awa wi his luck but he wis still the same auld Tam, an he insistit on bringin Wullie intae things. They were staunin at the bar an ane or twa o the yunger lassies began tae look at Tam in a new licht. Nou that he wis straicht he wis quite tall, an in fact, they noticed he wisnae that bad-lookin ava. An o course he had his ain wee business. Tam was fair taen awa wi this attention an weel, he wis a yung man, sae his bluid began tae warm up a bit wi the attention o the bonnie yung quines. Wullie tho, cuid see whit wis happenin an wi a sour look went aff tae sit in the corner whaur he an Tam usually sat. The rouns were fleein in an Wullie wis includit in ilk ane alang wi Tam but he jist sat in the corner watchin his auld pal haein the verra time o his life.

'Hou come it wisnae me,' he wis thinkin, he cuidnae help himsel. 'Hou shuid this happen tae Tam. He's nae better nor me. A'm as guid as him.' So he sat there, mumpin an festerin awa tae himsel. By nou somebody had brocht oot a fiddle an wis playin jigs an reels, as, glowerin, Wullie lookt ower tae the bar. There wis Tam, his best freen, wi his airm aroun Veronica Farquhar, a lassie whause sparklin een an bonnie roun curves had lang been noticed by baith the lads – an she wis lookin up at Tam wi a look that Wullie had seen afore.

By nou the whisky wis sloshin aroun his heid an he wis gettin angrier an angrier. He lookt oot the windae an realised that it wis jist as coorse a nicht as it had been the nicht afore. Then a wee thocht began tae rise up amang the whisky fumes. Gin it cuid happen tae Tam, hou cuid it no happen for him forbye? He wis nae waur nor Tam, oniewey wha did that Tam Tamson think he wis? He, Wullie Johnson, wis ivvery bit as guid as him. Aye hou cuid things no go richt for him? Hou come he aye got the dirty dicht? Jist at that anither large whisky wis pit in front o him an he grabbit it an threw it doun his neck in ae gulp.

Up at the bar, fowk were nou singin an Tam, lookin in tae Wee Vonnie's een, wis in a place he had nivver been afore an wis takkin nae tent o his auld pal.

Withoot oniebodie seenin him, Wullie grabbit his coat an sneakt oot o the pub door. As suin as he wis ootside the weather hit him. Jist like the nicht afore the wind wis swirlin in aw directions an was fu o rain an sleet an wee stingin bits o hail. Still, Wullie wis fou himsel, an wi the whisky firin him up he heidit for the graveyaird, draggin his club fit.

By the time he got the length o the High Street an tae the kirkyaird wa, he wisnae quite sae shair o whit he wis daein. He stoppt an thocht aboot things.

'It's awfy dangerous whit yer're daein,' he said tae himsel. 'Aye but whit richt his yon Tam Tamson tae be daein better nor me. A'm jist as guid as he is. C'mon nou Wullie, jist dae it.'

Sae he clambert up ontae the kirkyaird wa. Jist then there wis an extra strang gust o wind an he wis blawn off the wa tae laun in the glaur o the kirkyaird. Pickin himsel up, covert in clart, he cursed a bit an headit for the far corner o the graveyaird. On he went, weavin his wey thru the auld flat grave slabs at his feet an atween the big, crackt an lichen-covert gravestones fae sae monie years afore. The win was still skraichin like a banshee an he had his heid scrunchit doun atween his shouthers, keekin oot alow his eyebrows tae mak shair he didnae trip ower a slab or bump intae onie o the great auld gnurlit gravestones.

Then, oot o the corner o his ee he saw somethin aff tae his richt. At first it was gey faint an he wisnae certain he wis seein oniethin real. He cuid jist see it oot o the corner o his ee... but no onie kind o licht he had ivver seen afore wi a horrible, feechie green an it wis pulsin, whiles brichter, whiles duller... jist like Tam had tellt him. 'Oh help, whit is it?' he muttert tae himsel an speedit up. The licht speedit up tae match him, an his hairt began tae thump an the sweit burst oot on his foreheid. He began tae realise the licht wis keepin up wi him as he pickit his wey atween the stanes. An it wis gettin closer, there wis nae doot. The langer he went on the closer it wis gettin. In jist a wee while he an the licht wuid meet ane anither. It had tae be the ghost o the graveyaird. He speedit up agin. By nou he cuid hear the thumpin o his ain bluid an he tried tae hurry up. Still the licht kept comin closer an he didnae ken whit tae think. Did he really want tae meet the ghost, or did he no? Despite the whisky he wis terrified an jist wantit hame! His een starin, an sweit pourin doun his brou, he skittert throu atween the auld gravestanes, then in the blink o an ee the licht went oot.

Whit a relief. He stoppt an jist as his pal had duin the nicht afore, he leant against the auld moss-covert gravestane. He took a deep braith. 'Calm yersel Wullie,' he said in his heid, 'jist get a braith an get hame as quick as ye cin.'

Jist at that the horrible green light burst oot aroun the gravestane an he lookt up. There abune him wis a horrible sicht. A great ten-foot gochle-green cratur loomit ower him, wi reid starin een an lang hair like snakes writhin in seek. Its great rusty reid teeth were dreepin wi something he didnae want tae look at, an its airms like trees wi twisitit an gnurlit fingers like brainches were reachin oot ower him. He stood an cuidnae move.

'Aha,' cam a soun like the crack o doom fae the cratur's mouth, 'A am the ghost o the graveyaird. Whit's that on yer leg?'

'Agh,' skirlit Wullie, his een poppin an a smile beginnin tae form on his face.

'Och that's ma club-fit.'

The cratur's great arms loomit abune him an the cratur swung them doun upon him cryin, 'Weel, here's a humph tae gang wi it.'

The Screiver

NOU ANE O THE weel-kennt faces aboot the place wis Erchie the Screiver, a man wi a kenspeckle past. He made a reasonable kind o livin daein whit he wis best at – screivin or writin – an had duin gey weel whan he wis a bit yunger an had even had a best-sellin novel which had let him traivel tae lots o braw places, but as is the wey o things, maist o his siller got spent. He wis generally tae be fund in ane o the better establishments that served drink aroun the place an aince he'd had a couple or three wis shair tae be tellin some kind o tale, often aboot the things he had gotten up tae in his youth in the Big Smoke. Doun there he'd been warkin on newspapers in Fleet Street an here's the kind o story he micht tell...

A wis warkin for ane o the big blatts in Fleet Street, deputy airt editor at the time. It wis the day o the Derby an in thae times, the early 1960s, the newspaper business wis still fou o nobs, bools in the mooth fowk fae the public schuils an that. Oniewey a big buffet lunch had been pit on in ane o the big Function Rooms that hotels hae, an sic as them had aw been invited. It was a big posh place fou o gildit mirrors an chandeliers. Somehou me an ma pal Bill Puller, a rare lad fae Yorkshire wha warkit in the advertisin side o things on the blatt, haud managed tae con oor wey in. A tell ye it wis rerr – quail's eggs, quiche lorraine, French cheeses, roast beef, aw sorts o goodies

– but the centerpiece o the haill spread wis a great big rosette made oot o Arbroath smokies. They'd been flown in specially on a chairtert plane that mornin an awbody was gey impresst. Weel jist aboot awbody.

Oniewey things are bleezin awa nicely, the champagne is disappearin like snaw aff a dyke an fowk are beginning tae get fou an juist aroun twa o'clock ane o the bricht yung things, a laddie onlie a year or three oot o Eton comes in tae the ha an shouts, 'Ladies and Gentlemen, can I please have your attention.' He had tae shout twice for there wis a few there weel on the wey tae gettin close tae roarin fou – but eventually wi a haill load o shushin an tuttin, awboadie shuts up an turns taewards him. He wis staunin there in a clawhammer jaiket wi a flouer in his lapel at the tap o the stair leadin intae the room, an wi a big smile he cries oot:

'My lords, ladies an gentlemen, it gives me great delight tae announce that the Queen has just won the Derby.'

Nou jist afore awbody stairtit cheerin there wis ane o thae eerie silences and floatin through it cam this broad Yorkshire voice: 'Christ, an I thought it was for horses…'

* * *

Anither time he was sittin nursin a half-pint – aw he cuid manage gien the size o his hangower thon day – an he wis tellin us aw hou things hid cheenged…

See you lot, ye dinae ken the hauf o it, aw this fancy fangled grub, fresh pasta, fruit fae aw ower the earth in the supermairkets – thievin bastards that they are an aw – it didnae use tae be like thon, A cin tell ye. A mind whan A wis still warkin in London an A wuid come back for a fortnicht or thereaboots in the summer tae gang aff tae the hill an get a bit o climbin in. A'd gone up Glen Doll wi Tam Walker an Doad Anderson, guid lads that wuid tak the odd pint or twa. Nou in thae days the pubs were still shuttin at hauf past nine – aye hauf past nine A'm no kiddin –

an we'd been flung oot o the Clova pub aboot ten. It wis aroun midsummer and a braw licht nicht as we staggert up the three mile or thereby tae the campsite – no like ye get nouadays, nae cludgies or rinnin watter apairt fae the river itsel – jist a bit grund doun by the river ayont the brig whaur we'd pit up oor tents an licht the fires. Oniewey we'd bought a fair few screw-taps – McEwan's India Pale ale, man thon wis rare stuff – an we're singing an laughin aw the wey. Sae whan we got back tae whaur the tents were we were fair famisht.

Nou bein the sophisticate that A wis A'd brocht back somethin a wee bit special for the lads fae London. This was a tin o ravioli, importit fae Italy – nane o them had ivver heard tell o it afore – they kennt whit Marshall's macaroni wis, bit pasta meant naethin tae them. Oniewey back in yon times ye haud tae bile up the tin in a dixie o water tae heat it aw up an whit wi ae thing an anither, fawin aboot an the primus stove gangin oot it took us a while tae get the dennir sortit. But fair eneuch we got it thegither at last. We wheecht the tinnie oot o the Dixie, managed tae open it withoot oniebody gettin ower badly burnt an A spoonit it oot ontae the three tin plates.

The lads tuckt in. Doad mutters somethin like, 'This is nae hauf bad min, it's no a Farfir bridie but it's no bad' an Tam said naethin for a meenit. Then he seys tae me.

'Whit did ye sey ye cry this stuff?'

'Ravioli,' says me.

'Ravioli,' he says, 'are ye shair?' An haudin up the ootside wrappin o the tin that had somehou gotten intae his platefu on the end o his fork, he seys, 'Are ye shair it's no Lavvy Rollie...'

A Scotsman in the Wig an Pen

THIS IS ANITHER TALE that cam frae the Screiver mannie. Nou there's fowk that'll tell ye there's dialects o our Mither Tung that are totally incomprehensible. Dinnae ye believe it. Aw ye need tae dae is tae listen hard an ye'll catch the drift oniewhaur in Scotland. Mind ye, A hae tae tell ye that A wis caught oot masel aince.

A wis wi a couple o lads fae the oil rigs that cam fae the far north-east. Ane o them, an auld pal, wis fae Fitabootyecity, whaur the sheep aye gang aboot in flocks, an the ither lad wis fae upcounty Aiberdeenshire, roun aboot Auchnagatt. Nou A cuidnae get a ward this lad wis speakin, an it took me a wee whilie tae notice ma pal, wha haes a rare Doric tung in his heid, wis like masel, an aye askin the ither lad, that wis a year or ten aulder nor us, whit he wis seyin. At thon pynt it cam tae me that here wis a man that chowit his wards, wi his heid doun an his chin near restin on his chest – the result bein that he garbled his wards – naethin ava tae dae wi dialect, the mannie wis jist a bad speaker!

Howivver ootside the auld county it's whiles a different maitter. Maist Scots on first gangin tae the Big Smoke get uised tae hearin 'Wot? Wot you seyin Jock?' on a regular basis. Maist o us adapt pretty quick an seein as fer lang enough we were aw supposed tae be speakin English in the school, it's no really that hard. In fact there's been a wheen o surveys tellin us the English trust the soun o the Scots voice, as lang as they cin unnerstan whit's bein said. An there's the rub.

It happent back in the day when the national newspapers in London were still based in Fleet Street. In the auld days monie o the journos an ither fowk that warkit for the blatts went tae the pub o a lunchtime. An the maist famous pub in the haill o Fleet Street wis the Wig an Pen. Journos cam there fae aw the titles an amang the regulars wis a lad fae Dundee that wis an Airt Editor an his pal fae Yorkshire that wis on the advertisin side o things. In order tae protect the guilty we'll caw the Airt Editor Boab an the mannie fae Yorkshire, Jock. Nou if that seems strange-like, dinnae fash, for Jock's faither cam frae Auchtermuchty an had met Jock's ma on a holiday in Yorkshire. Nou the time A'm tellin ye aboot, the pair o them had been jined by Wullie, an auld pal o Boab's fae whan they uised tae gang climbin in the Angus Glens.

Nou Wullie cam fae Forfar an had aye warkit as a ship's enginivver. Bein as near awbody else in the enginivverin comple-ment o maist ships he warkit on were likewise fae Scotland – which wis gey common back then – he'd nivver thocht much aboot the wey he soondit. Like lads fae Aiberdeen he'd lang been uised tae fowk takkin the mick aboot the 'fit-likery' (the East Coast habit o uisin 'f' insteid o 'wh') tho yon auld chest-nut aboot 'foo far tae Farfir fae here min?' is maist likely jist apocryphal. Mind ye there's them that'll tell ye that this dialec-tal idiosyncracy is a remant o the auld language o the Picts, the lads that uised tae bide in Scotland an kept the Romans oot, but that's anither tale entirely.

Oniewey the three o them met up ae day fer lunch – o the mainly liquid variety – at the Wig an Pen. Jock had met Wullie afore an wisnae bathert by his Scots accent at aw. But whan it cam time fer Wullie tae gang an get the drinks in, he had an affy bather wi the barman. An the barman wis haein an affy bather wi Wullie – weel at least wi the wey he spoke. Eftir askin Wullie

three times whit he wantit he jist made a guess at the order. So
it wis that he cam back tae the ithers at the table they'd managed
tae secure, wi twa gin an tonics, five bags o crisps, a bitter lemon
an a barley wine. Weel they were aw jist warmit up enough no
tae bather ower muckle, an as the pub wis as thrang as it aye
wis at the lunchtime rush they jist took whit they cuid get. Next
it wis Boab's roun then Jock's and by nou they were definitely
headin in the direction o bein a bit fleein. Up gangs Wullie tae
the bar agin. Jist as he got there, the pub door swung open an
in cam a posse of weel-dressit journos, led by ane o the best-
kennt columnists in aw o Fleet Street. We'll jist cry him Dave,
tho Sir David micht hae been nearer the mairk. He wis a richt
toff an he had aboot half a dozen yunger lads, maistly toffs
theirsels, hingin on his ivvery ward. Gien his reputation an
standin (he wis aboot six feet three) a space clearit at the bar as
he cam in. Wullie wis standin at the ither end o the bar. This time
he wis gonnae get awthin richt! So he wis near aboot shoutin at
the mannie ahent the bar. 'Gie's three pints o yon bitter stuff an
three drams, mannie?' The poor barman jist cuidnae get his heid
aroun this an wis pyntin at various drinks tryin tae get Wullie tae
agree that that wis whit he wis eftir. Wullie though, wis haein
nane o it an jist got louder, 'Gie me three pints ye numptie an
three wee wasps wi them!' Suddenly the famous columnist noticed
what wis goin on. Standin there wi his g-and-t, bocht fer him by
ane o his acolytes, he turnt an lookit at Wullie, by nou reid in
the face an steam jist aboot comin oot o his lugs. 'My God, chaps.
I haven't heard that accent since the war. I had a whole platoon
of those chaps under my command. Sterling fellows every one,
and I have always said that when it comes to good old ding-dong
there's no one better at your back than a Serbo-Croat!'

The Nine Maidens

O N THE NORTH SIDE o Dundee lies the wee village o Kirkton o Strathmartine, kennt locally as Brigfoot. On the wey there fae the centre o Dundee, a bit past Strathmartine Kirk there uised tae be a well. An that well had a story that links Dundee tae the haill warld. The well wis cried the Nine Maidens' Well – an fer the drouthy fowk that like somethin stranger nor watter it's no that far tae the Nine Maidens pub – an the story o the well taks us far back in time. A wee poem haes come doon thru the years that links this auld well tae the Pictish Symbol Stane that sits near the fit o Balluderon Hill in the Seedlies tae the north.

> 'It was tempit at Pittempton
> Draggelt at Badragon
> Stricken at Stirkemartin
> An killt at Martin's Stane...'

Nou like an affy lot o whit is cried folklore, naebody cin tell jist hou auld this poem is but it micht weel hae come frae the time o the Picts.

The story goes that aince, a lang, lang time ago there wis a mannie that was farmin the grund o Pittempton. Maistlike he'd a been mair like a crofter raither nor whit we think o as a fairmer nouadays. Nou this mannie, whose name hisnae survived the years, was blessit, tho some micht sae different, wi nine dochters.

Like awbody else back in the day he had tae grow corn an raise baists tae feed his faimlie an like aw his neebors he wis a hard-warkin chiel. Ae day he wis oot in the fields warkin. It wis a gey sunny day an eftir an oor or twa warkin amang his crops he wis fair parcht.

He whistlit up tae the hoose whaur his lassies were gangin aboot their ain chores an whan his eldest, Mayota, cam tae the door he shoutit, 'Gang tae the well lass an fetch yer auld faither a drink o watter, A'm fell droothy wi this heat.'

'Aw richt faither,' she replied an went aff wi a bucket tae the well. Nou Mayota wis a lass weel intae her teens an a fine-lookin, strappin lass wi flashin dark een an gorgeous lang black hair. Monie o the lads aroun had taen a fancy tae her for she wis richt bonnie but she onlie had time fer Martin, her lad. In fact they were fixin tae get mairriet pretty soon an she howpit that he micht even be at the well whan she got there. Oniewey aff she goes an the mannie cairries on at his wark. Eftir aboot fifteen meenits tho, Mayota hadnae come back an he wis thirstier nor ivver. 'Ach she'll hae run intae Martin, the silly wee besom,' he thocht tae himsel but he wisnae that bathert. He thocht Martin wis a rare lad an wuid mak a braw husband fer Mayota.

So he shoutit up tae the hoose, 'Findoca, Findoca.' On hearin her faither Findoca, the second eldest, cam tae the door.

'Whit is it faither?' she cried.

'Awa tae the well an tell yer sister tae get back here wi that watter, richt nou,' he shoutit an went back tae his task.

Sae aff gangs Findoca, like her sister afore her, tae the well. Nou does she no come back eethir. By nou gettin a bit narkit the mannie cries on his third dochter, Fincana, an she gangs aff tae the well. An here wis it no jist the same thing aw ower agin. So ane eftir anither he sends the rest o his bonnie dochters aff tae the well. His thirst by nou wis near drivin him gyte an whan the last ane didnae come back eftir a few meenits he decidit enough wis enough. Mebbe they were jist playin a trick on him but it wisnae funny an he wis goin tae gie them a piece o his mind.

So up he goes tae the well which wis hidden fae his bit by a wee rise an a puckle o trees. His anger nou wis gettin tae him an his brous were knottit an his mooth wis set. He wis stridin oot wi his hauns clencht an jist ready tae gie these bairns a richt guid sherrickin whan he cam roun the edge o the trees an in sicht o the well.

There wis an affy sicht.

Curlit roun the heid o the well was a great scaly dragon-like baist an in amang the coils o its slimy body were the dismemberit boadies o his dochters. Aw nine o them. The puir mannie fell tae his knees in shock an let oot a terrible scream o anguish.

The cratur lookit at him an began tae move at him. Howivver the yell he had pit up had been heard by awbody in the crofts an fields a roun, an fowk kennt at aince that somethin truly awfu had happent. Awbody, men an weemin baith, stoppit whit they were daein an ran tae the well. Some kept haud o the hoes an spades they had been uisin, ithers pickit up stanes an sticks, fer awbody thocht that whitivver it wis had happenit, they'd better be ready tae fecht. Amang the fowk streamin taewards Pittempton well wis Martin, Mayota's lad, an he had pickit up a great lump o a broken branch like a club an wis comin hell for leather.

The scaly cratur gave a terrifyin hiss as it rearit up an cam at the man on his knees, shakkin wi grief an terror. It wis only feet fae him when it heard a noise. It lookit up an saw fowk streamin towards it fae aw directions. Spittin wi fury the great scaly monster whirlit aroun an took aff north.

Martin wis first on the scene an seein the deid bodies o his bonnie Mayota an her sisters scattert aroun the well, the red mist cam on him an he sped aff eftir the michty baist wi a great roar o anger. The cratur sped doun the hill towards the Dighty Burn wi dozens o fowk streamin eftir it. But far aheid o them aw wis Martin. Jist as the cratur reacht the burn, whaur Brigfoot nou staunds, he caught up wi it. He raised his great club an the crowd follaein on ahent him cried wi ae vyce, 'Strike Martin, strike.'

The laddie needin nae second biddin. Doun swung the mighty club on the cratur's back. There was a great whackin noise but the cratur simply ignored the blow an took aff even fester taewards the Seedlies.

Seein the evil baist slitherin like lichtnin up the hill, Martin turnt roun as some o the ither yung lads caught up wi him at the burn.

'Horses, lads, we need horses,' he shoutit. Within meenits hauf a dozen horses were brocht an Martin an five ithers mountit up. Some o the aulder men had thocht tae pick up spears as they cam rinnin an these they gied tae the men on horseback. Aff they went at a gallop wi Martin in the lead. It wisnae lang afore they caught up wi the oorie baist. On the flat plain afore the risin hill o Balluderon the horsemen cam upon the baist an splittin in tae twa groups they soon had it surroundit. The slimy monster spat an clawit at them but wi their spears Martin an his freins had the advantage o the baist. It wis only a maitter o time afore Martin plunged his lance deep intae the hairt o the baist an killt it. There whaur the monster wis slain, a stane wis raised tae commemorate the end o the dragon-like cratur, an eer since it haes had the name Martin's Stane, tae remind o us o the lad that lost his lass tae thon foul, fell cratur.

Nouadays the dragon is itsel commemoratit by the bonnie statue in the High Street an likely in the name o Baldragon fairm itsel. There's a suggestion that the original name o Brigfoot wis Strikemartin, no Strathmartine, in memory o yon terrible day. An even intil the nineteenth century fowk wuid pynt oot the graves o the Nine Maidens in the auld kirkyard atween Craigmill Road an the Dighty Burn.

The story o Martin an the Dragon haes lang been a favourite story aroun Dundee but it's no the ainlie yin concernin Nine Maidens. Up in the Seedlies ahent the hill o Balluderon, accordin tae tradition – an we ken that stories hae lastit fer tens o thousans o years in ither pairts o the warld – there lived an auld priest cried Donald. Accompanied by his nine dochters he lived a simple life o contemplation an prayer at the heid o Glen Ogilvy, som-whaur round aboot Piper's Den. They dedicated their life tae worship an lived a gey frugal life. When in the funess o time Donald deid, he wis soon made intil a saint an his dochters cair-ried on wi the life their faither had brocht them up in. In time they too becam a byward for holiness, an awa ower in Abernethy Garnard, the King o the Picts heard tell o them. He wis sae impresst wi whit he heard that he invited the weemin tae come an bide close by him in his capital, biggin them a chapel near tae whaur the roun touer o Abernethy stands yet. Here they lived till, as happens tae us aw, they passt awa. An the story goes that they were buriet ane eftir anither at the fit o an auld oak tree there in the hairt o Abernethy an that the story o their lives wis carved in a frieze that ran roun the chapel dedicated tae them that stood till the Reformation.

Ither versions o the story o the Nine Maidens say that they cam ower wi St Bridget fae Ireland but like a lot o stuff aboot Ireland, includin the suggestion that the Scots theirsels originated there, this his mair tae dae wi medieval propaganda nor fact. Hounaivver it is fair tae say that the Nine Maidens were kennt far ayont Scotland an cin be traced back mair nor fifteen thoosan years in Europe an stories anent nine weemin are even tellt in Kenya close tae whaur aw humans stairtit oot!

Davie Gray the Poacher

ACK IN THE LATE echteenth century haill tracts o Scotland were bein turnit ower tae big estates devoted tae huntin, shootin an fishin fer the rich. The Lowland clearances which had seen the fermtoun fowk pusht intae the touns an new model villages were lang past an the big estates were nou diversifyin awa fae bein jist big ferms. Altho the estates had a need fer fowk tae wark their farms, the huntin an shootin didnae need sae monie fowk an the trend wis still fer fowk tae be movin tae the cities fae aff the land.

This meant that there were monie fowk nou in the big touns, like Dundee, that had been brocht up on the land. An monie o them had particklar skills that had aye been needit tae help them survive. In the new warld sic skills were cried poachin. While fer centuries fowk had taen rabbits, birds an mebbe even deer fae the lands that were held in common by their communities, nou the lairdies had control o aw the land this type o behaviour wis illegal, an still is.

Nou some fowk werenae bathert ava that poachin wis agin the law an ane o them wis a mannie fae Lochee cried Davie Gray. But Davie wisnae onie run-o-the-mill poacher, he wis whit ye micht cry an expert. Whan it cam tae guddlin trout, snarin rabbits or pigeons an even takkin the occasional deer there wis naebody in the east o Scotland that cam close tae matchin our Davie's skills. He roamit aw through the Seedlies, the Carse an Strathmore. Although Dundonian by birth, Davie's faither an mither cam fae somewhaur up in the Angus glens an he had been taen awa tae the hills since he wis a bairn an his faither had learnt him in the auld county weys.

Nou we hae tae bear in mind that the secont hauf o the echteenth century wis a time o new ideas – an no jist the Enlichtenment notions that politicians an the rich are sae keen tae trumpet yet. There had been the American an French Revolutions, the writins o sic men as Thomas Paine an that maist important o Scottish writers, Oor Rabbie. Ideas o equality – which had lang been pairt o Scottish culture – were aince agin tae the fore, stimulatin poor fowk an terrifyin the rich. An Davie, tho nae scholar, wis bricht enough tae ken o sic ideas, an had nae problem wi takkin fae the rich tae feed the poor, like his ain faimlie an freens.

Nou it'll no be onie surprise that the lairdies didnae exactly agree. The law, an the licensed peculators o the law profession, tellt them that they ownit the land an awthin on it. Tae protect their interests they had haill teams o gamekeepers an baillies an ahent them the pouer of the Law. Mebbe the judges, monie o whom jist accidentally were landowners theirsels, cuidnae hing fowk or send them aff tae Australia fer takkin a rabbit or twa, but they cuid still impose heavy fines, get faimlies pit oot o their houses and pit lads in the jile, an they did. It wuid be fair tae say that the bench hated aw poachers, but especially our Davie. He wis jist ower fly for the gamies an bein aroun six fit tall, weel built an as fast wi his hauns as wi his feet, if oniebody did attempt tae capture him they'd jist get battert. On monie occasions twa or even three gamekeepers, mainly fit, strang men theirsels, thocht they had Davie, but they were aye proved wrang. Ae pairt o the countyside he wis particulary fond o wis up aroun Newtyle an Auchterhouse. It wisnae ower far fae the toun an apairt fae the gear he got, Davie wis gey fond o the views ower the Tay tae the Paps o Fife and ayont, or up north towards the magnificent peak o Schiehallion, Scotland's holiest auld mountain.

It wis nae wunner that especially the gentry roun aboot

Newtyle and Auchterhouse loathit and despised this free spirit. Try as they an their flunkies micht, they cuidnae ivver catch the Dundee poacher. Bein sae tall, strang an kind o handsome, wi his totally fearless character, Davie Gray ower time becam somethin o a hero tae monie o the local fowk, in baith toun an county. Whether he was eftir fish or fowl or somethin a bittie bigger it seemit like Davie was aye successful. Askit ae day by a pal o his gin he wis feart o the 'gamies', Davie laughed an said, 'Naw, naw lad they're feart o me.' An he wis richt enough at that. His attitude was simple, 'God made the land fir aw men, no jist fer the lairds, an whit's on it is jist as much mine as theirs.'

There wis monie a nicht on the braes o the Seedlies that Davie was toastit as a hero in houses an taverns, an this micht hae had somethin tae dae wi the fact that he wis weel-kennt fer drappin aff a bird or twa, or a wee baist tae lanely auld weemin or faimlies whaur the man wis seek an cuidnae wark. In fact there were some aroun at the time that said he wis jist like a Robin McHood! Nou Davie wisnae ower keen on bein seen as a hero but he did tak a grand delicht in flummoxin the lairds an their flunkies. An as time past his skill onlie got better an better, an his knowledge o the land an the craturs that lived on it likewise grew. It becam a byward that if Davie wis oot on the hill, aw the gamies wuid be aff somewhaur else entirely. Monie o them had felt the pouer o the Dundee lad's fists an feet an aw o them had been made tae look pretty damned uisless. An so his reputation jist kept on growin.

This cuid onlie bit mak the lairds and their hingers-on mair an mair angry, an the mair things went on the same wey, the mair angry they aw got. Here wis a common poacher mockin them on their ain lands! The situation fae their pynt o view wis intolerable. An it wis aye made waur by the fact that the common fowk, the peasantry as the lairdies liked tae imagine them, saw this criminal as some kind o a hero. Nicht eftir nicht roun the dennir tables o the big houses as the port went roun, the subject o the Dundee poacher wuid come up. An it wis mair nor aince that suggestions were made anent bringin somebody in an daein awa wi Davie awthegither. Wiser heids tho saw this cuid but mak him a martyr an whit micht happen eftir yon wis a bit unforeseeable. Anither suggestion wis tae kidnap him an secretly send him aff tae America or Australia, bit this wis seen as mebbe a wee bittie impracticable. An they werenae shair they cuid get oniebody tae try it onie wey, as they wuidnae dae it theirsels. Bribery, a weel uised ploy by monie o sic fowk, wis suggestit but dismisst as they aw kennt that Davie got a great deal o plaisure fae makkin them aw look stupit. An aw the time Davie's reputation amang the fowk jist kept growin. An his success wis encouragin ithers. The gamies were findin it increasinly difficult tae catch ither poachers, wha were gettin gey cocky, an maist o them were nou gangin aboot in groups o fower an five. Only Davie it seemit wis warkin on his ane. Things were jist gangin fae bad tae worse.

Ae nicht in a big house in by Auchterhouse, eftir several bottles o claret had been drunk ower denner, the host had a brainwave.

'I hae it, lads, I hae the way tae be rid o this damned poacher for once an for aw,' he announced.

'Whit is it?' cam the cry fae his drunken buddies, keen tae ken whit the plan wis that wuid solve their worries. An truth tae tell the plan wis baith clever an practical, een tho it meant them aw pittin their hands in their pockets, anither thing sic fowk are nivver affy fond o daein.

Bit, gin it wuid rid them o the scourge o this Dundee criminal, they'd aw stump up. The plan wis nae that simple tho an some at first werenae keen. Bit ower the next couple o weeks as the thing wis thrasht oot, maist o the lairds agreed tae pit the plan intae motion.

Whit they then did wis tae bunch thegither an pit up the siller tae raise the touer that's still sittin there on the top o Kinpurney Hill, owerlookin the bonnie lands o Strathmore. The erection o this michty edifice wis a cause o some confusion amang the local fowk wha cuidnae figure oot whit wis goin on. It becam clear whan an advert cam oot in the papers. It wis an advertisment fer a hermit! Somebody tae volunteer tae live aw his lane in the brand-new touer, a bit like the fella that wis installit at the Hermitage up at Dunkeld when yon folly wis first pit up. The Hermitage had become a bit o a tourist attraction bit the lairds roun Auchterhouse hid anither intention awthegither. They pit a challenge intae the job o bein the Hermit o Kinpurney. The challenge wis this. Whaivver got the job, gin he cuid live aw is lane withoot onie human contact fer a stipulated length o time, wuid be gien the princely sum o a hunner pund! This wis a fortune an no just tae poor fowk. There were dizzens o replies tae the advert bit aince the applicants heard o the conditions they aw backit aff. Fer tae win the hunner pund, the Hermit had tae agree tae be lockit up in the touer an hae nae human contact fer seevin year!

Whan mannie eftir mannie backit awa fae takkin the challenge the lairdies let it be kennt that this wis nae surprise tae them. They had kennt aw alang that nane o the common fowk in the county roun aboot had the sheer courage tae tak on sic a task. They made a pynt o turnin up in aw the local taverns an makkin a show o the fact that naebody wis ready tae tak up their challenge. This had the desired effect. Aw this shoutin anent the cowardice o the common lot eventually got on Davie's nerves an he decided tae apply fer the position. The lairdies were delichtit, an relieved, fer some o them had begun tae think they wuidnae manage tae get their man eftir aw. So Davie agreed tae be their Hermit. It wis onlie then that the real fiendish nature o the plan cam tae licht. The conditions were that he had tae enter the touer dresst only in a couple o sheepskins wi twa or three mair tae be his beddin, sleep on the hard stane flair an be fed, throu a hole in the wa, aince a day. An there wuid be nae fire in the touer fer aw the seevin year. It wis promisst tho that there wuid be food enough. Even in the face o thae harsh conditions Davie wuidnae back doun. He'd show them jist whit a real Scotsman wis made o. His freens tried tae tell him there wis nae need tae gang aheid wi this plan eftir they heard the lairdies' final condition – there wis tae be nae human contact at aw – even the lad that brocht his daily meal up tae the touer wis forbidden tae speak tae the Hermit. Still Davie wis adamant. 'Ach,' he said, 'if A've sheepskins tae keep me warm an enough grub tae keep me livin, A'll dae awa jist brawly, wait an see.'

The day he wis tae enter the touer came. Fowk fae aw aroun had come tae see the event an the lairdies an their ladies aw stood aroun in their very best finery. This they thocht wis the crux o it. They were shair that at the last meenit the Dundee poacher wuid think better o his commitment tae bein the Hermit unner sic strict conditions, an wuid back doun at the last meenit. The fact that there wis sic a big crowd there that day wis a bonus. Aw the mair tae see them cry Davie fer bein a coward, for shairly nae man wuid be sae brave, or sae daft as tae tak on the challenge, even fer a hunner pound. Fer Davie tho it wisnae the siller, he kennt fine whit the lairdies were aboot an there wis nae wey on God's green earth wuid he back doun in front o this bunch o puffit-up numpties. He'd taen the challenge, he'd show them whit he wis made o, he'd bide there fer the seevin year an come oot the ither end an triumph ower them aw.

Standing afore the newly built tower with a crowd o gentry on ae side and a great number of his friends an admirers on the ither, Davie kennt whit he had tae dae.

The laird o Auchterhouse, that had come up wi the plan in the first place, cawed fer silence an read oot the conditions. Aince he had feenisht Davie cleared his throat. 'That's aw richt by me, let's get stairtit.'

'No, no, Davie dinnae dae it,' cam a cry from a bonnie lass among his freens. Ithers took up the caw. The lairdies lookit at each ither, wis their plan goin tae wark eftir aw?

They didn't ken the mettle o their man. Davie Gray wuid nivver back down. He'd gien his word. The crowd fell silent as Davie strippt aff an wrappt himsel in the sheepskins, drawin a few admirin glances fae the lairdies' wives as he did so. Then wi a cheery wave tae aw his freens, some nou greetin openly, he steppit inside the was o the touer. A couple o masons then bricked up the door. Some o the crowd startit tae drift awa an there were monie glum faces amang them.

Auchterhouse turnt tae his freens, 'Dinnae fash,' he said in a calm vyce, 'he'll be screamin tae get oot in a few days, weeks at the most, an that'll be that. He'll be kennt far an wide as a coward and he'll bother us nae mair.'

Leavin a few gamies on guard in case oniebody tried tae speak tae Davie, the lairdies turnt an made their way doun the hill.

Fae that day on Davie wis lockit inside the great touer. Aince a day a meal wis passt thro a slit tae him withoot a ward bein spoken. The lairdies made sure that their gamies kept an a eye on the place an, wi it bein sae exposed on the tap o the hill there, onieboadie tryin tae get close enough tae try an speak tae Davie wuid be easy spottit. Some fowk did try but aw were turnt back by the gamies. Ivvery day the gamies wuid hear Davie singin awa tae himsel inside the touer. The weeks passt, then months, an there wis nae sign o Davie weakenin. Nou an agin the gamies wuid hear him makkin bird noises an it seemd as tho some o the wild birds wuid come at his biddin. Winter cam on wi ice and snaw an Auchterhouse an his pals waitit anxiously fer a sign o weakness fae Davie. It didnae come. Spring cam roun an the gamies cuid still hear the Hermit singin tae himsel. The company o subscribers tho had lost ane o their number tae pneumonia – he wuidnae live tae see Davie weaken an fail!

So anither year passt an things went on much as they had afore. Nou an agin ane o Davie's auld pals wuid try tae get up tae the touer but the lairdies made shair there were aye enough gamies aroun tae stop this happenin. The fame o the Hermit o Kinpurney spreid thru the haill o Scotland an fowk wuid come up an look at the touer, but were aye kept back by the gamies. Auchterhouse an his crowd were shair that it wuid only be a maitter o time afore the loneliness got tae Davie an he wuid caw oot tae be released.

Day eftir day, week eftir week, Davie cuid be heard singin or makkin bird noises tae keep himsel busy. An true tae the condition o his incarceration, nivver aince did he try tae speak tae onie o the gamies wha took it in turns tae bring him his daily meal.

Taewards the end o his sixth year on Kinpurney tho Davie did get visitors. This was the haill bench o Dundee magistrates wha wantit tae ken hou he wis gettin on. The lairdies thocht it politic tae mak an exception fer the bench an eftir the visit, the ward cam back tae tell the toun that the Hermit o Kinpurney seemit tae be sound in mind and body. Anither hard winter cam on an still Davie cuid be heard singin awa. His freens began tae look forrit tae haein him back. It had been Midsummer seevin year earlier that he had entert intae his lang solitude an as the day cam roun fer his release there wis great excitement thru the toun an aw ower the countyside.

The day cam roun an a great crowd gaithert tae see the Hermit released at noon. There were monie that were there oot o simple curiosity but there were twa groups that stood a bit apairt. The first lot were obviously poor fowk fae the toun, judgin by the way they were dresst, Davie's freens an faimlie. The ither lot, dressit up in the fashionable finery o the day, were the remainder o the original company o gentleman subscribers that had raised the touer. Their numbers tho were a bittie reduced. The seevin year had taen their toll an mair nor a third o them had deid. They were no a happy crowd. They had pit an end tae Davie Gray's poachin richt enough, but he had taen their challenge an was nou aboot tae hae the last laugh.

The door was unblockit. Davie's friends presst forrit. There wis nae sign o Davie. Ane o the workmen that had unblockit the door went intae the touer. A couple o meenits eftir he cam oot leadin Davie Gray by the hand. A gasp o astonishment cam fae his friends. Some o the weemin stairtit greetin an Auchterhouse an twa or three ithers o the gentry cam forrit tae see whit wis happenin. There stood Davie Gray, but no the tall, dark, handsome man o seevin years afore. The lithe but muscular body, the ruddy cheeks, the glintin een were aw gone.

Afore Kinpurney Touer stood a man that looked ancient ayont years. Lang white hair hung doun his back, a pure white beard coverit his chest. His shoulders were humpit, his een dull. The Davie Gray o seevin year afore had cheengit some time durin the previous winter an aw that remainit was this sad auld man.

Apairt fae a few snatches o sang he had lost the pouer o speech. Even the lairds who micht hae felt some satisfaction at Davie's condition were moved tae sadness. His freens were broken-hairtit. The pathetic cratur in front o them began tae mak sounds. These sounds were the cry o the raven, the call o the gull an the shriek o the wild animals o the hill. The accuracy o his imitations wis uncanny but he cuidnae speak a ward.

The crowds began tae file awa fae the sad scene in total silence. Davie's freens gaithert roun him an gradually managed tae head him doun the hill. He was taen back tae Dundee and his money uised tae seek the best medical treatment. Eftir a whilie he did regain his speech but Davie Gray, the fearless poacher, was nae mair and aw that remained was a tired, auld, broken man. Within twa year he wis deid, mournit by monie that mindit him as he had been. He had boldly taen the challenge of the estate owners an won, but at an affy cost.

He was gone but his story still lives on. The story o a man that believit nae man had the richt tae own land, a man that gloried in his strength an skill and who cuid nivver resist a chance tae put ane ower on them that thocht theirsels his betters.

Cossack Jock's Wake

NOU SINCE THE fowerteenth century there were regular ferries atween Dundee an Fife. Fer monie years the boats went fae Ferryport on Craig, nou Tayport, ower tae land at St Nicholas Craig in Dundee, an later the ferries were shiftit tae Newport. By the time o the early ninetcenth century the boats were what were cried pinnaces varyin atween twalve an twenty tons, an cuid tak a guid crowd o horses and carts as weel as people.

Ane o the ship masters in chairge o the pinnaces was a mannie that was cried Cossack Jock. His gien name was John Spalding he had ivver since he was a laddie been fond o singin ballads. He had been particklarly fond o singin ballads o a political bent an he developit the habit o singin contemporary songs takkin the mick oot o Napoleon Bonaparte, the wee Corsican that becam Emperor o France an wha in pictures fae the time ay seems tae be scraitchin his left oxter. Oniewey Jock wis a weel-keent man aboot the toun an fowk wuid cheer him on as he gave it laldy singin aboot Napoleon, that the politicans were sayin wis the enemy o the haill British nation. Nou eftir monie years o war Napoleon had been forced tae abdicate an in 1814 he was sent intae exile on the wee Mediterranean island o Elba aff Italy's west coast. Nou this plaised Cossack Jock nae end an he had a grand time singin awa aboot the defeat o Bonaparte.

Howivver the wee Corsican wisnae duin an had nae intentions

o a simply rulin a wee island o a puckle thousan fowk. Accordinly on 12 April 1815 he escaped fae the island an made straicht fer France tae raise an army an get back his position as Emperor. Weel this didnae sit weel wi the British or their allies in Europe, an despite the years o fechtin that had gone on anither army wis pit thegither an this time Boney wis gien a richt hammerin at the Battle o Waterloo in the middle o June. This time he wis sent far awa tae St Helena in the sooth Atlantic an he nivver left there again. There's some'll tell ye he wis pizend by his captors an that's as mebbe, but nivver again wud he get the chance tae try an conquer the haill o Europe which had aye been his true intention.

Sadly tho puir Cossack Jock didnae live tae see the eventual final defeat o the Corsican. Fer on Sunday 25 May 1815 he wis at the helm o his ane pinnace, which had been a gift fae the management board o the ferry in recognition o his contributions tae the business o ferryin fowk ower tae Newport. It was no lang past ten in the mornin wi a stiff south-easterly wind blawin an Jock wis haein trouble gettin roun the big sand bank opposite the Craig Pier. He pit up mair sail when somethin seemit tae gang wrang on board. Some kind o argument broke oot atween him an the twa lads o the crew an the upshot wis that the yunger lad wis pit oot in a wee yawl or coble on a line at the stern tae try an get mair control o the pinnace. Nou the extra sails were gey unwieldy an the boat was pitchin aboot an stairtit tae ship watter. Again argument broke oot on board an the mannie at the helm, maist likely Jock himsel, stood up tae mak some adjustment tae the rope towin the yawl whan the haill boat shiftit broadside intae the wind. It wis jist a matter o a couple o seconds an the boat was fillit wi watter an sank stern first intae the turbulent river. Luckily the lad in the yawl had the presence o mind tae whip oot his knife an cut the line fae the pinnace or he wuid he gone doun as weel. In fact he wis sae quick thinkin that he managed tae drag seevin o the survivors ontae his wee boat an get them safe tae dry land. Jock himsel had managed tae grab ontae an oar tae keep himsel afloat but afore the yawl cuid get tae him he seemt tae be poued doun intae the swirlin watters o the Tay and disappearit. It wisnae till five days eftir that his boadie was washt up, eftir the corpses o the ither fifteen fowk lost thon day had come ashore.

Nou the fraternity o the ferrymen an monie o the sailors o Dundee an the Fife coast had aw been fond o Cossack Jock an his wake attractit a big crowd. It wis held in a hostlery jist alangside the Craig Pier in Dundee in a lang low-roofit room. The room was fu o sailors an fish-wives, dockers an fishermen, as weel as monie o the toun's worthies, aw crackin on aboot Jock an takkin a wee dram. Ootside there wis an een bigger crowd that simply wuidnae fit intae the premises, such wis Jock's standin amang the community. At ae end o the room, wi the crowd keepin a respectfu few feet awa, alow a coorse white sheet on an auld bed brocht in fer the purpose, wis the corpse o Cossack Jock, wi a cannle at his heid an feet. Nou he had been a big man in life but streetcht oot on thon auld bed in the flickerin cannle licht he lookit like ane o the giants o aulden times.

Suddenly there wis a cry, 'Meh Goad, look.'

Aw heids turnt. There in the flickerin licht o the cannles – baith o which were beginnin tae snotter oot – there wis a movement alow the sheet, jist whaur Jocks' han was lyin. Glesses were drappt an shouts went up as the haill crew tried tae get oot thru the narrae door. Weemin were screamin an some were faintin an there were mair nor a few hard men tryin tae fecht their wey tae the door as if the hounds o Hell were at their back. The pandemonium grew louder an some o the fowk at the back turnt tae look in horror at the corpse. Sure enough in thon eerie stutterin licht, the sheet wis movin. A couple mair fowk faintit an by nou the tension wis becomin unbearable. As the movement alow the sheet movit taewards the heid o the corpse, it lookit clearly like Jock wis tryin tae scratch at his beard. But this cuidnae be! Awbody kennt fine he wis deid. Had he no been in the watter five days an wis his corpse no sae bloatit that it was packit roun wi herbs tae keep doun the smell? Whit hellish trick wis this? Try as they micht monie o the fowk lookin at the coffin cuidnae pou their een fae this ghastly sicht. Then jist as the haun, if haun it wis, got tae near whaur the heid o the corpse lay alow the sheet, there wis a rattlin soun an somethin fell fae the bed tae the floor wi a crack, puin the sheet wi it. The horrible bloatit face an boadie o poor Cossack Jock were nou plainly visible. But naebody was watchin that. Fer, as the spectators stared on in terror, the thing movit again an oot fae alow the sheet cam a fair-sized crab!

The atmosphere in thon room wis sae tense that fowk were still backin awa – as if they aw thocht that this wis the Evil Ane himsel come tae haunt Jock's corpse in the shape o a crab. Such was the hysteria that as the crab scuttlit across the flair awbody shrank back an a clear way was made tae the door. Oot it went peyin nae attention tae the dizzens o fowk lookin on in horror as it headit taewards the nearby dock. Some fowk, sae feart at this supposed apparition o the Deil himsel, loupit intae their ain boats an began tae row awa fae the pier. Ithers sprintit awa up the wynds an vennels o the auld toun awa fae the dockside. Howivver thankfully no awbody there that day wis totally daft. A local wifie by the name o Creel Katie, that had lang workit as a fishwife in the docks, steppit forrit fae the shrinkin crowd as the crab scuttlit on taewards the watters o the Tay. Quick as a flash she grabbit the wee cratur by ane o its hinner legs an stuck it in her apron pocket wi the wards,

'Och sirs, whit fer are ye gaun tae let gang sic a braw partan!'

'It's no cannie Kate.' 'It's the Deil himsel, Kate.' 'Dinnae tak the risk!' A haill series o admonitions rent the air but Kate wis resolute. She kennt fine the wee baist had simply made its hame amang Jocks' claes durin his sojourn in the watters of the Tay, an had nae intention ither than tae bile it up fer her man's an her ain tea.

Howivver fowk'll no let onie scandal gang by withoot a struggle an there were them that said when she cookit yon crabbie a black figure wi horns an a tail wis seen tae flee oot o her chimney! An ithers, that shuid hae kennt better, said there was an affy smell in Kate's close that nicht, a smell o pitch an brimstane like aw the sprites an goblins o hell were visitin the place. As fer Kate, she simply said aw her days that it wis simply the sweetest crab she an her man had ivver tasted. 'An that wis the thing, ye ken,' she'd say, 'ma man wisnae weel thon day, till we et yon partan – the Deil, a Deil in the Dub o Darkness wad hae, fer sic a gude man an kirk-goin body, as ma ain douce Davie.'

A Snail Tale

BACK IN THE MIDDLE AGES ane o the greatest fears in onie toun or city wis the arrival o the plague. Tho nouadays we ken there were different types o disease that got cried the plague, back in the day maist fowk jist saw them as aw the same – a terrifyin onset o seekness that wis guaranteed tae kill an affy lot o fowk. Whither it wis caused by a lack o whit we wuid think o as basic sanitation or by somebody bringin it in fae anither pairt, the arrival o the plague felt tae maist fowk like God had desertit them. Ae time the plague had come an wis killin fowk aw thru the streets o Dundee. It went on an on. Maist fowk tried tae avoid gettin the smit by bidin indoors as lang as the pestilence wis ragein. This meant that aw normal business o the toun cam tae a halt, includin the bringin in o food fae the countyside an even a fair bit o the gairdenin that the tounsfolk did theirsels. This meant that on the back o the disease itsel cam anither kind o plague awthegither – starvation.

Aince the seekness had seemit tae pass, fowk began tae come oot o their houses an it wis pretty obvious tae awbody on Bonnetmaker Hill, as the Hilltoun uised tae be cried, that a couple o the locals seemit tae hae come thru the recent hard times remarkably weel. It wis twa yung lassies that had moved in thegither when they lost their ain faimlies tae the plague early on, they'd been pals since they were bairns, an the pair o them seemit tae be in perfect health. They were baith yung, fit quines an it wis gey noticeable that they, an onlie they, still had the beautiful bloom o yung womanhood on them. Awbody else on the Hill an in the toun wis little better than a walkin skeleton, tho they were glad o that bein as sae monie o their relations were naethin but skeletons nou, or weel on the way, moulderin in the mools. Weel rumour is a baistie leein in wait fer its opportunity tae pounce, an it wisnae lang eftir the aw clear fae the disease had been declared, that fingers were bein pyntit at the lassies.

The jaundiced, yellae een o their tounsfolk lookit at them an saw difference. An difference in hard times cin affy soon lead tae suggestion. An gien that the lassies lookit sae guid it wis clear tae aw they wi een tae see, that they must hae had some kind o help tae come thru the wey they had. An the onlie kind o help fowk thocht that cuid hae been available wuid hae been that o the Deil himsel! The only wey they cuid hae prospert when aw aroun were deein or stervin had tae be because they were a pair o witches! Nou in aulden times jist bein accused o bein a witch wis aften enough a daith sentence. Fowk were that feart o the supposed pouers o witches that aw reason cuid flee aff fae a community like a speugie fae a hawk. An sae it wis that the cries o 'Witches, witches, burn the witches,' soon were heard.

The puir lassies were terrified. In fact there wis naethin oorie at aw aboot hou they'd managed tae get by. Howivver they were affy sweir tae say. Sweir tae tell fowk hou they had gotten thru the pest an the famine. An whit were they feart o? They were feart o bein laughit at. They thocht if their neebors kennt whit they had been daein they wuid be made the butt o sic humour as they wuidnae be able tae stand it an wuid hae tae quit the place. In fact they were sae ashamed o whit they had been daein they had sworn tae each anither that they'd nivver, ivver tell whit had been gangin on in their wee bit house durin thae terrible weeks an months.

Sae it wis that it wis only when a group o men, men angry

an feart at the thocht o witches bidin amang their ain, cam tae pou them fae their house an pit them tae the test – the test o watter, whaur if ye didnae droun it meant ye were a witch an wuid be burnt at the stake – that the lasses' secret wis fund oot.

'Naw, naw,' cried the elder yin o the pair, as the men burst in, 'We arenae witches. We cin prove it tae ye aw!' 'Aye, aye,' her pal cried oot as they were draggit tae the door, 'look in yon barrel. Ower there by the wa!'

Ane o the men, unlike his peers, wis unshair o the very chairge o witchcraft itsel, an moved ower tae the barrel.

'They're leein,' cried a female vyce fae the door. 'Drag the evil bitches oot o there.'

As ither cries rang oot in support the man liftit the lid o the barrel.

'Oh my Goad,' he spluttert, 'och that's no whit it's aw aboot is it?'

Anither man cam tae his side, then ane o the weemin at the door cam ower. Aw were lookin in tae the barrel wi squeamish expressions. Ane o the men haudin the first lass let her go an cam ower.

'Whit is it?' he demandit.

'Look,' said the lad that had liftit the barrel lid.

So the mannie lookit in, then stuck his haun intae the barrel an held somethin up so that aw that were peerin in the low door an windaes o the wee cottage cuid see. In his hand wis a snail! The genus *Limacinae* that the Frenchies hae aye had a fancy til, an that even the Romans uised tae eat in vast quantities. The lassies had been gaitherin them up in the gairdens aroun, an livin aff them thru aw the time o the pest an eftir!

Thankfully the lads there that day cuid see hou things were – the lassies had shown remarkable courage in eatin these slimy wee craturs an when askit, said they actually tastit fine aince they were biled fer a few meenits, an the word soon spread thru the community o Bonnetmaker Hill. Nou fowk said fer lang eftir that the quines had shown themsels tae be devilish smart, but clearly they werenae witches at aw. Yet even tho times were still gey hard an it wis a few weeks afore there wis near enough food fer awbody, the lassies were left tae theirsels tae eat the snails – naebody else wuid touch them!

Ae Nicht in the Bar

I T'S AYE THE WEY o things that fowk'll takk the mickey. There wis this pub, Bett's Bar, in the West End o the toun, an it wis run by the kind o wumman ye uised tae find in pubs back in the day. Nane o yer fit an fancy Australians, or pretty Polish quines that ye get the day, naw naw. Isabel Bett wis a wumman that had been in the bar trade aw her days an by the time A'm tellin ye aboot she must hae been intae her sixties. She was whit some micht cry a fine figure o a wumman, but maist likely they'd be blin fae birth. She wis a big lass, Isabel, tho no that tall, wi airms on her like a jute stower an shouthers like a Clydesdale horse. Still she thocht o hersel as a particklarly grace-fu kind o cratur an wis, truth tae tell, a bit o a snob. Whit this meant tae a wheen o her regulars cuid be seen in the name they gied her, Sweaty Betty, tho naebody wuid eer hae daured tae say it tae her face. Awbody kennt that it was apocryphal that when she was yung she had aince knockit oot a runaway horse in the High Street wi ae punch, but naebody wis keen tae tak onie chances. She ran a pretty fine boozer aw the same, but mebbe seein she'd nivver taen mair nor ae gless o sherry at a time in aw her life, she wisnae that weel-kennt fer smilin, tho as it turnt oot, tae the surprise o mair nor a few, she cuid tak a joke.

Ae time a couple o the lads o the musical persuasion – ye cuidnae cry it a profession wi the lot that hung oot in Sweaty Betty's – were in jist the back o six. Stevie an Jake aye met there o a Thursday nicht on their wey tae a pub gig in Perth. They generally had a pynt an set aff doun the road in Jake's auld Triumph Herald – the driver's door didnae open an it sookit up oil like a plooman drinkin beer on a Friday nicht but there was enough room in the back for the amplifiers, speakers and the variety o stringit instruments that they aye haulit aboot wi them. Oniewey they were in the bar haein a pint an apairt fae theirsels, an Betty crackin on tae a handfu o her favourite regulars (a solicitor, an estate agent an a teacher) up at the far end o the bar, there wis jist ane ither customer. This wis a mannie in his fifties in dungarees, a gaberdine raincoat an a flat cap. Stevie an Jake had seen him aboot the place afore but nivver on a Thursday. He wis drinkin nips an hauf pints an by the wey he was staunin he'd been in fer a wee while. Mebbe he'd had a win on the horses or somethin but he shairly seemit tae hae been haein a wee bit celebration. He wis sweyin gently, an Stevie tellt Jake tae 'wheesht a meenit' an cockit a lug at the mannie. Shair enough he wis hummin awa tae himsel. Nou it wisnae clear whit he wis singin. It cuid hae been 'My Way' or 'Ave Maria', or even 'Ave Maria' his wey – it wis kinda soft – nae mair nor a gentle wee hummin soun. Howivver baith our lads kennt weel that Betty had the reputation o bein able tae hear the rustle o a five pund note thru the crowds at five meenits tae closin on a Friday nicht but she hadnae clockit him.

'C'mon, let's awa,' said Jake.

'Na, na, jist bide a wee,' Stevie replied, 'A want tae hing aboot fer a meenit or twa.'

As they spoke the mannie, wha maist likely wis awa back in his mind tae the days o his youth – his swayin had an odd look o the auld Palais Glide aboot it – got just a wee bittie louder.

At the far end o the bar Betty at last heard him. Her heid swivelled like a vulture smellin carrion an her een, a bit on the wee side it maun be said, an mebbe a touch ower close thegither, fixit on the mannie wi a look o utter rage an contempt. Withoot a ward tae the lads she had been crackin wi, she swung her no inconsiderable bulk aroun an cam stompin doun the bar tae whaur the mannie in the flat cap was stannin, oblivious o imminent doom. She clamped her great forearms on the auld widden bar an shoved her face richt in at the poor lad. He lookit up in sudden fear like a startled deer.

An oot she roarit, 'You jist stop that singin, ye're here tae drink, no enjoy yersel.'

Weel the lads haud tae bite their lips tae stop lauchin an wi grunts at Betty, wha ignored them – she wis starin at the nou terrified mannie in the bunnet – they flew oot the door an aff tae their gig.

Nou Stevie got a lot o mileage oot o yon wee story but in time the inevitable happenit. Somebody, an the fickle finger of fate wuid maistlike pynt at Erchie, tellt Betty whit Stevie had been sayin. Sae it cam aboot that ae Setterday, eftir he, Jake an a couple o ither nivver-do-weels had been aff tourin amang the hinterlands o Moray an Buchan fer a week or twa, he cam back in. He orderit a pynt fae Betty hersel an thocht she had a bit o a mad glint in her ee. Truth tae tell she cuid aften look like she wis aboot tae gang gyte but there wis somethin a bit different this time. She pourit him his pynt, took the note he handit her an got his cheenge. As she handit ower Stevie's cheenge, she said in a mock posh vyce:

'There ye go, Stevie, jist mind...' an here her vyce broke intae laughter, 'that ye're here tae drink an no enjoy yersel.'

Weel Stevie jist aboot fell in a faint. Betty turnt awa laughin her heid aff, an Erchie wha wis sittin in his usual seat said, 'Aye there's monie a trick an an auld... em, dug, Stevie eh?'

Utterly forfauchten, it took the laddie aboot three pynts tae come back tae some semblance o normality eftir this display, no jist o humour but een stranger, o common humanity. Howivver it aw cam clear a day or three later whan Betty let on that she wis retirin an had gotten an affy guid price fer the auld place. An truth tae tell, tho it kept on bein a fine boozer (it still is) it wis never quit the same withoot Sweaty Betty hersel ahent the bar.

The Black Band

BACK IN THE early years o the nineteenth century Dundee had a bit o a reputation. This wis afore maist places had an organised polis set up an, tho there were monie wild places in Scotland, Dundee wis seen as someplace particklarly coorse. Even as late as the 1850s the toun still had a reputation fer bein lawless an there's nae doot that the weemin were as bad as the men. Lord Cockburn, in his time a weel-kennt judge, pit his thochts on paper in his *Circuit Journeys*, sayin, 'A Dundee criminal, especially if a lady, may be known, withoot onie evidence aboot character, by the intensity of the crime, the audacious bar air, and the partin curses. What a set of she-devils were afore us! Mercy on us! If a tithe of the subterranean execration that they launched against us, eftir being sentenced, was tae be as effective as they wished it, commination never was more cordial.' Commination really means the threatenin o divine punishment or vengeance, but gien the character o the lassies he describes it seems mair likely that it wis the Deil raither nor God that wis cried upon by these 'ladies'.

The learned judge wis on the bench eftir the times when Dundee wis at its warst. By his time there wis a police force in existence, while earlier in the century the toun wis basically policed by the toun councillors, a no affy effective wey o daein things, especially when there seems tae hae been whit cin onlie be cried an ongoin criminal conspiracy in the toun in the 1830s an 1840s. Bein a busy port Dundee had the usual dockside worries tae deal wi; prostitution; illegal an crookit gamblin; muggins; theft; an assault, tho as anither writer pyntit oot, murder wisnae that common. Crime wis rife an no jist aroun the docks. In the period we're talkin aboot, the papers were fou o stories anent fowk bein held-up or burgled an it seems that there wis a fair degree o organisation involved. Ae week there wuid be a spate o burglaries in the big houses o the West End, an a week or thereaboots eftir, there wuid be an outbrak o robberies in Broughty Ferry an neighbourin places in the East End. There wis a clear attempt tae prevent onie pattern o crime that micht lead tae the discovery o the criminals. This spoke o some kind o criminal fraternity an the papers werenae slow tae pit a name tae this shadowy organisation – the Black Band. Nou organisation amang the criminal classes his had a lang history aw ower the warld an gin the mafia is nouadays the best-kennt it wisnae the first, or necessarily the warst o sic groups. In Dundee at the time tho it wisnae jist burglaries an thievin that went on, there wis straichtforrit highway robbery by armit an maskit men in broad daylicht an the toun wis often in a ferment o fear. This went on fer near enough twa decades afore 1840 but, jist as it seemit tae come fae oot o the blue, it fell awa near jist as quick.

In 1839 there wis a richt spate o crime stairtin in November. Nou back in thae days it wis still legal tae buy guns withoot a licence, tho they were kind o expensive. Gien the amount o crime aboot the place there wis aye a steady trade as fowk lookit tae be ready tae defend theirsels if the need arose. Ae day a pair o rochlookin chiels cam intae an ironmonger's shop in the Nethergate. The shopowner, a mannie named Sinclair, wisnae aboot the place an there wis a yung lass ahent the counter. When these twa chiels askit tae buy a pair o pistols she sensed somethin wisnae richt an refused tae sell them onie. They gied her a mouthfu o abuse an went aff. Howivver they jist went tae anither ironmonger's shop, Watson's in the High Street, an here they had nae bather in gettin the weapons.

That very same nicht a local mannie wis accostit by twa

poorly dressit men as he cam intae the toun alang the Coupar Angus road. Baith were maskit an they pyntit a pistol at his heid an demandit, 'Gie's aw yer siller.' The man, Andra Neave, wisnae feart an went at the pair, but they knockit him doun an took whit he had, which wis only aroun five shillins, hardly a lot o money. They were hardly plaised wi whit they got but ran aff leavin Neave lyin in the road. The next again day wis a Friday an as usual the toun wis fou o fairmers an ithers in fer the weekly mairket. The twa lads that robbit Neave were on the lookoot fer a ready mark an approachit a couple o local lads they kennt tae see if they cuid get a bit mair help tae try their hands at robbin some fairmers. They tellt baith these lads that they had clubs an pistols but baith declined. The pair tho were set on fillin their pooches wi ither fowk's siller an took themsels aff tae the Old Glamis Road tae lie in wait fer a passin victim or twa. Nae doot they were hopin tae get a wealthy fairmer or twa on his way back hame fae the mairket an wi onie luck they'd find ane that had had a few jars as wis the custom, an wuid be nae bather tae them.

The first man they robbit wis a lawyer cried Smith but aw they got aff him wis anither five shillins. The next victim wis Willie Sprunt that warkit as a cloth lapper in the toun. They threatenit tae shoot him if he didnae gie them aw his money an when he handit ower a couple o shillins they went throu his pooches, findin anither fifteen. Forbye that, they took the man's knife an his tobaccy. Yet again they were thwartit in tryin tae mak a decent score. Their next victim wis a mannie o raither mair substance, James Lamb, that had his ain manufacturin company. He tho wis haein nane o it an when they jumpit oot at him in the Dens Road demandin his money wi their guns pyntin at him, he focht them aff an ran taewards the toun. He heard a couple o shots fired but it wisnae till he wis in his ain house that he fund oot that his hat had twa bulletholes in it!

By nou the desperadoes were gettin desperate an headit oot tae the West End whaur they cornerit a mannie cried Ogilvie

Anderson near by the Sinderins. This time their luck wis even warse fer Anderson had only a handfu o coppers aboot him. The entire twa nichts' wark involvin five different robberies hadnae even got them a couple o quid! Even reckonin that money went a lang wey further then than nou, this wis hardly the wey tae mak their fortune! If this wis the Black Band at wark they micht be better off takkin anither trade awthegither.

By nou tho the ward wis oot that there wis a couple o randies on the loose an the police sent oot patrols tae the Dens Road and ayont tae Downfield. Nou the robbers micht no hae been guid at their trade but they werenae daft, an true tae the pattern o the Black Band they shiftit their sphere o operations fer the next week. They headit oot o the toun awthegither an went tae Longforgan. Here on the Thursday nicht they jumpit oot on James Robertson, that warkit fer the miller at Knapp an wis takkin a cairt fou o slates back tae the mill. The lads steppit oot intae the road, baith o them wearin masks an ane o them showin a pistol cried fer James tae 'Haud up!'

James haltit the horse an the ither thief climbit up aside him, pyntin a pistol at his heid.

'Nou then mannie, gie's yer siller an ye'll come tae nae hairm,' he growlit. Nou James had a fair bit o siller in his pooches an stairtit diggin it oot an handit it ower. As he did so the mannie aside him kept pittin the money intae his ain pooches. Nou James had a fair wee bit o siller, aroun twa punds ten shillins in his pooches, but as he handit it ower he managed tae tak oot his pocket book an let it fa ahent him in amang the slates. Aince they had the James's siller the thieves went aff, no even batherin tae tak his watch, fer which he wis a bittie gratefu. Howivver the thieves' luck hadnae really gotten onie better, fer in James's pocket book wis fifty pund he had gotten that day fer a delivery o meal! That wuid hae been a fine nicht's wark fer the bandits but yet agin they had nae luck ava.

An things onlie got worse eftir that. The next nicht they attackit a fairmer on the Coupar Angus road that managed tae drive them aff, an later were nae mair succesfu in tryin tae rob a mannie at the ither end o the toun on the Arbroath road. By nou the haill toun wis on the watch an the lads decided tae lie low fer a few days. A muckle lot o guid that did them tho! A week later they were jist walkin thru the toun when Watson, the ironmonger that had sellt them the pistols in the first place, saw them thegither. He nippit aff tae fetch the polis an a few meenits later the pair o them were arrestit. Nou they turnit oot tae be Davie Peter, a blacksmith fae the Scourinburn, an John Smith, a weaver that bided in the Overgate. They didnae hae their pistols wi them that day which wis maybe jist as weel. As it wis they were chairged wi echt separate counts o armit robbery. At first they baith pled not guilty but when it got tae the trial they realised there wis a haill raft o witnesses set tae gie evidence agin them, sae they cheenged their pleas tae guilty. Nou back then it wis fair game fer the prosecution tae ask fer the deith penalty fer armit robbery but fer aince their luck wis in. The prosecutor, the Solicitor-General o aw Scotland, Tam Maitland o Dundrennan, didnae push fer capital punishment an the pair o them were gien transportation fer life, an aff they went tae Botany Bay in Australia. Nou thon wis nae joke but compared wi dancin on the end o a gallows rope there wis nae contest, an they countit theirsels lucky.

Howivver, eftir this crime in Dundee began tae faw aff, tho there wis them that said it wis simply due tae the fact that Davie an Smith were sic a pair o cack-handit bandits that naebody else fancied haein a go at the trade!

Dundee's Resurrection Man

A W OWER THE WARLD fowk hae heard o Burke an Hare, the Edinburgh lads that were sae helpfu in providin deid boadies fer medical research purposes in Edinburgh in the 1820s. In a richt Thatcherite spirit o enterprise they took Dr Knox's requirement fer deid boadies tae practise anatomy on tae the logical conclusion. Insteid o waitin fer fowk tae dee an be buriet they cut oot the middlemen – undertakers, ministers an gravediggers – an simply murderit fowk an handit ower the boadies fer dissection. They clearly had the richt stuff an wuid hae made braw hedge fund managers gin sic baists existit at the time. Be that as it may, it wisnae jist the capital that had tae keep a look oot fer 'Burkers' or 'Resurrectionists' as the graverobbers were generally cried. Even the day ye cin see 'mort-safes', iron railins pit ower grave slabs tae deny access tae the Burkers in sic places as the Howff an in ither graveyairds aw across Scotland.

Nou back in the day the gravediggin in the Howff wis the responsibility o Geordie Mill, the meenister's man, or general assistant tae the incumbent at the Steeple Kirk. He wis a short, stocky an pouerfu mannie that wis kennt fer bein a wee bit on the coorse side fer a meenister's man. Nou ae day Geordie wis howkin oot a new grave in the Howff an as usual it wis tae be six feet deep. This meant that Geordie needit a ladder, seein as he wis sae wee. Oniewey he wis doun in the hole howkin awa when twa, three yung rascals fae the Overgate cam an nippit aff wi his ladder. A meenit or so later the meenister cam intae the graveyaird. He had the habit o walkin amang the gravestanes as he composed his sermon fer the follaein Sunday's service. He was surprised tae hear a bit o a racket – the Howff was generally a place o peace an quiet, as ye wuid expect. He walkit taewards the din, realisin that it wis Geordie swearin an cursin at the tap o his vyce. He got closer an lookit doun intae the grave. There stood Geordie, face flusht bricht reid, fists clenchit an cursin fit tae bust.

'Geordie, Geordie,' cried the meenister, his vyce stillin the curses, 'A'm fair taen aback wi a man in yer position, a man that his gien me guid service this forty year, usin sic foul an unseemly language. Repent, Geordie, repent afore it's ower late.'

'Repent be damnit, meenister,' cam the reply, 'hou aften hae ye tellt the congregation that there's nae repentance in the grave!'

Nou the meenister micht hae been ane o the sanctimonious kind but he had tae bite his lip at this, jist managin tae say, 'Aye aye, Geordie, jist bide there. A'll look fer the ladder.'

'Aye, aye meenister,' said the gravedigger, 'A'll jist be here when ye get back.'

As the 1820s wore on an Resurrectionists began tae ply their trade awa fae Edinburgh, whaur the trial o Burke an Hare had increased security at aw the graveyairds, an Dundee wis caught up in it. An truth tae tell, the need fer cadavers tae practise dissection on wis bein felt by doctors in ither pairts o Scotland that didnae want tae be fawin ahent their colleagues in the capital. An so it wis that boadies stairtit bein howkit up in the Howff itsel, richt in the hairt o the auld toun o Dundee. The precentor o the Steeple Kirk, the mannie that led the psalm singin, a lad cried McNab, organised watch pairties but nivver a Burker did they manage tae apprehend. Nichts when they didnae keep watch were jist the nichts when boadies seemit tae gang missin.

Nou Geordie micht weel hae pit in four decades o loyal

service tae the meenister o the Steeple Kirk, but some fowk noticed that the gravedigger wis aye happy tae buy drinks in the local taverns. Richt enough, he had a steady job, there wuid aye be the need fer gravediggers, nivver mind his ither duties fer the meenister, but it wis noticable that he aye seemit tae hae a fu pooch. An bein the gravedigger Geordie had his ain set o keys tae the graveyaird. Nou McNab had nae doot that Geordie wis at it, livin aff the best o grub an spendin a fair amount o siller in the taverns, he wis convinced the man wis guilty, but the meenister wuidnae hear a ward agin him.

'Geordie, a Burker, dinnae be daft,' wis the meenister's reply when McNab tellt him his suspicions. 'He's been wi me for forty years, man an boy. Naw, naw, trust me Mr McNab, Geordie Mill is nae criminal. He micht be bit coorse whiles, but he's a guid Christian an a loyal servant tae me an the Kirk.'

Things went on the same wey fer a whilie, wi boadies disappearin, watch bein kept an naebody gettin fund oot, till ae mornin jist as the dawn wis beginnin tae streak the sky. A couple o the Steeple Kirk congregation were passin the Howff on their wey tae wark at the docks when they heard a commotion in the graveyaird. They ran tae the gates jist in time tae see a mannie disappearin ower the high wa o the graveyaird. Left ahent him wis a coffin, split open wi the jist buried body o a yung lass pokin oot o it. The noise they'd heard wis the coffin bein droppit an somebody cursin. The lads were a bit puzzled fer Resurrectionists normally plied their trade in the deid o nicht an were far awa come dawn. The meenister wis sent fer straicht awa an whan he cam back the puzzle wis cleared up. Jist a few rows ower fae the yung lass wis anither coffin that had been howkit up fae its lair tae. This yin had the body o a middle-aged mannie that had died in an accident and been buried twa days afore. The robbers had been eftir twa boadies. Geordie wis sent fer, tae pit the bodies back in the grund, an richt enough he wis in his ain house when the messenger chappit him up. But as McNab later said the house wis gey close an he cuid weel hae gotten back there fae robbin the twa graves afore he wis sent fer. Still there wis nae proof but it wis clear that the greed o the graverobbers had nearly gotten them caught.

Eftir this there we nae mair incidents o graverobbin in the Howff but Mr McNab, shair o his man, pit pen tae paper an composed a couple o poems that were soon gey popular through the streets an taverns o Dundee. An awbody kennt fine wha the Geordie in the poems wis. Gin the second ane's richt it seems that eftir this last incident Geordie, tho nivver brocht tae trial, wis thocht tae be guilty an lost his position as the Howff grave-digger an the Steeple Kirk's meenister's man, an turnit tae the hand-loom weavin tae earn a crust. He'd likely learned the trade as a yung man, but it wuid nivver keep him in the style he'd become accustomit tae as Dundee's Resurrection man. Here they are jist as prentit in yon fine auld book, *Dundee Worthies*, by Geordie Martin, publishit in 1934.

The Roond Moo'ed Spade

An if the tale that's tauld be true
A greater gain he has in view
Which maks his fryin pan richt foo
To skirl baith nicht an mornin,

Geordie Mill wi his roond moo'ed spade
Is wishin aye fer mair fowk deid,
For the sake o the donnal an the bit shortbread
When he gangs wi the spaiks in the mornin.

A porter cam tae Geordie's door.
A hairy trunk on his back he bore.
Which the Quentin Durward fae Leith shore,
Brought roond that very mornin.

This trunk, A'm tauld, contained a line
Wi sovereigns tae the amount o nine,
The price o a weel-fed, sonsie quine,
They had sent tae Munro ae mornin.

But Geordie tae conceal their plan,
A story tauld as false as lang,
Sayin the trunk belanged tae a travellin man,
That wad call for it next mornin.

Noo Geordie doon tae Robbie goes.
The doctor's note tae him he shows,
Which wished frae them a double dose,
By the coach on Wednesday mornin.

Says Robbie, 'Is the box come back?'
'Oh yes,' says Geordie, gien the purse a shak,
'An we maun gae an no be slack
To fill't again ere mornin.'

Quo Robbie's wife, 'Oh, sirs tak tent
For sure a warnin I've been sent,
which tells me ye will yet repent
Yer conduct on some mornin.'

'Ye fool,' quo Robbie, 'hush yer fears
While I've the keys fat deil can steer's?
We've been weel paid for't ten past years
Think o auchteen pounds in the mornin.'

Sae aff they set tae Tam an Jock
The lads that used the spade an pock
An wi Glenarf their throats did soak
To keep them brisk till mornin.

The hour grew late, the tryst was lain
Among the Resurrection men,
When each his glass did freely drain
Sayn, 'Here's success tae the mornin.'

But Robbie nou does sair repent,
His slightin o the warnin sent
For the noise o a second coffin's rent
Caused in Dundee a deil o a mornin.

A Lamentation for the Loss o the Roond Moo'ed Spade

O, Ann dear wife, sair nou I mourn,
To see our fortunes backward turn,
Wi grief tears rin like a burn,
For want o my guid spade.

An nou there's naething left for me
But thae four stoops o misery,
An weavin at this low degree
A sad, sad change indeed.

As lang's I used the roond moo'ed tool,
We neither wanted meat nor fuel,
Nor yet a drink oor hearts tae cool
Whenivver they stood in need.

But he wha leads the auld kirk ban
Has heard the skirl o oor pan.
An filled the toon fu o a sang,
That's dwined me o my spade.

Aye Geordie, sair it gars me greet,
To hear your name sung on the street.
An see our neebours' smilin cheek,
Whenivver they hear or see't.

I was doon at Yeuchan Dora's door,
Last night, a mob, I'm sure twa score.
Your 'Roond Moo'ed' spade did yalp an roar,
Till't almost rave my head.

Oh aye, oor neebours hae made jeer,
Wi that cursed sang aboot new year
An happy still they'll be tae hear
That I maun weave for bread.

An there's that tattie monger loon,
Wha's been sae rash tae fill my room
Tho wi a rung I'd crack his croon
Shair sma mane wad be made.

Nae mair in leather coats he'll deal
In pecks an lippies nor hae sale,
But troke the lang whites neath the feal,
A kind that's better paid.

An they baith frast an rime can thole,
At noon they'll plant, at night they'll hole
Can sell at auchteen pound the boll
When sent tae college head.

But had I kent in days o yore,
For ane I'd sent, I'd sent a score,
An laid the gowdens up in store
To help in time o need.

But oh, if my guid freen, Munro,
Wad nou on me some peety show,
To try, I'll tak my stock an go,
Sae fareweel tae my spade.

A Hauntit Castle

AW ACROSS SCOTLAND, an thon ither place doun the road the name o which escapes me, there aye seem tae be stories o ghosts in castles. Whither this is jist because the common fowk (thee an me, dear reader) were aye mindit tae remember bad things that happent tae fowk wha thocht they were their betters, or no, disnae really maitter. Whit is shair is that castles themsels were aften built by fowk wha werenae sweir tae push their ain interests or those o their faimlies agin awboadie else. The squabbles, feuds, back-stabbins an double-dealin o them that cried themsels the Scottish aristocracy wuid fill monie books the size o this yin, an ma freens amang them tell me it's no quite as vicious the day. No that aw them then, or even nou, were nae better than swine, it's jist that that's the impression ye get fae history.

Haein said yon tho it is a maitter o historical fact that some fowk hae gotten an affy bad press, an there's naebody that's mair true o than ane o the early owners o Claypotts Castle, John Graham o Claverhouse, or as the sang cries him, Bonnie Dundee. Bein a mannie fell active in the vicious religious wars o the seventeenth century he is seen by fowk that werenae on his side as a bluidthirsty, murderin savage an there are them that'll tell ye the same the day, cryin him Bloody Clavers. Stories survive because fowk think they tell ye the truth – an they dinnae need onie historical support, they jist tell ye whit fowk thocht – an tellt each anither.

An the story goes that Claverhouse wis sic an evil mannie that he cuid only hae been in league wi the Deil. Nou in Scotland thon gentleman is aften presentit as mair like a bogle tae fleg the bairns than the utter epitome o transcendent evil that is Satan, but the fellae they said John Graham held orgies wi wis nae simple spirit. Early in his life Clavers had summonit up the Deil an made a deal tae sell his sowl in return fer success an riches. This wis widely believed amang the Covenanters, that Clavers led his troops agin, an that this wis the reason how he cuidnae be killt by lead bullets. In truth Clavers did rise high in his time. He wis a close pal o the Duke o York that went on tae become James VII an II. Mind ye John didnae dae ower weel himsel, bein chuckit oot at whit the English cry the Glorious Revolution o 1688, whan the English Parliament brocht in William o Orange fae Protestant Holland tae be the new king, withoot batherin tae let onieboadie in the ither pairt o the so-cried United Kingdom ken. An there are them that'll tell ye that it wis a siller button that dung doun Claverhouse at the fateful Battle o Killiecrankie in 1689 whan he wis fechtin tae try an get his pal back on the throne.

Nou the Grahams o Claverhouse had gotten Claypotts Castle in 1625 an Clavers uised tae bide there nou an agin, tho he generally preferit tae be up in his main hame in Glen Ogilvie in the Seedlies. But the local fowk aroun the Ferry wuid tell ye he wis aye at Claypotts when the fell nicht o Halloween – the pre-Christian Samhain, the Feast o the Deid – cam roun. This wis when the boundaries atween the warld o the livin an the warld o the spirits wis at its thinnest an the deid cuid walk on the earth. It wis a time when witches were particklarly active, an true tae his character they said that this wis the nicht that Clavers wuid entertain the Deil himsel in wild an bacchanalian orgies in Claypotts Castle. Aw thru that fearsome nicht ye wuid see unnatural fires burnin aw ower the castle, wi screams an yells o delirious lust an savagery. Sic wis the extent o Clavers' generous hospitality that nicht, that it becam a veritable Witches' Sabbat as weird weemin, necromancers an wizards cam fae aw ower tae tak advantage o the oorie pleasures tae be haud there. Ordinary fowk kennt better than get ower close but the locals kennt fine that this wis a nicht o hellish cantrips an demonic orgy led by Clavers an his pal the Deil. An lang eftir Claverhouse himsel wis killt by the siller button at Killiecrankie, it wis tellt that there were ghostly fires an fell oorie noises an smells comin fae Claypotts Castle ivvery Halloween.

An his is no the ainlie ghost that haunts the Castle. Ae tale tells that the original castle wis built by Cardinal Beaton, anither famous figure fae the times whan religion wis tearin the haill country apairt. He was the leadin Catholic in the Scotland o his time, an Archbishop that served as Ambassador tae France fer James v afore bein made a Cardinal by the then Pope in 1538. It wis him that led the prosecution o the famous Protestant martyr George Wishart for heresy, that endit wi Wishart bein burnt at the stake in St Andrews on 1 Mairch 1546, an act that led tae the Cardinal's assassination in his ain castle in St Andrews later that same year.

Lang afore thon tho, fowk said he had built Claypotts fer his mistress Marion Ogilvy, o the Hoose o Airlie. In these disturbit religious times there were aye rumours aboot the immoral behaviour o prominent Catholic priests, an ye hae tae say that history has shown mair than ane or twa tae be true. Nou the story goes that aince the yung lass wis set up in the Castle, Marion wuid lean oot o the windae at Claypotts an wave a white hankie tae her lover sittin ower in his ain castle in St Andrews. That micht hae been the case gin ye cuid see St Andrews fae Claypotts at aw, but gin she wis signallin him ye wuid think a blanket or a tablecloth micht hae been a bit mair handy. We are tellt that on the fateful nicht o 29 May 1546 she made the accustomt signal tae bring her lover ower the river, unaware that he wis leein deid in his ain bluid, haein jist been killt in revenge fer the execution o Wishart. Whan the ward soon cam that Beaton wis deid the puir lass died o sorrow on the spot. An her ghost cin nou be seen on the anniversary o thon awfu day, staunin at the windae an waving her hankie tae summon the lover that wuid nivver come. An them that'll tell ye that the dates on the Castle show it wisnae pit up till 1569 jist hae nae imagination.

The Dundee Radicals

A MIND TAKKIN a dram in the pub up Glen Clova ae time an haein a crack wi a fairmer fae the glen. He askit whaur A wis fae an A tellt him A'd been born in Dundee.

'Oh aye,' he said, 'the Radical Toun.'

He didnae sey it wi onie kind o freendliness but, comin fae a faimlie o Communists, A felt a wee stir o pride. Fowk in the modern warld tend tae think that Radicalism an ideas o equality and solidarity amang warkin fowk are an inheritance fae Marx an Engels. Weel no in Scotland they're no, an Dundee has lang had a Radical tradition.

In the later years o the echteenth century a great monie o the people o Scotland were inspired by baith the American an French Revolutions. In fact Scotland had been the scene o radicalism an riot aw thro the echteenth century. The imposition o the Treaty o Union in 1707 thro blatant bribery an corruption had been opposed by the vast majority o fowk in Scotland ither nor those that got personal benefit fae the bribes o the English Parliament, an there were riots aw across the country. This dissent soon segued intae the support fer the Jacobite cause that saw Risins in Scotland in 1715, 1719 an 1745. The fact tha sae monie o the Jacobites in Scotland were ettlin tae hae the Stuarts back as Kings o Scots an werenae that fasht wi whit wis gangin

on in England his lang been ignored but the realisation that
there wis a strang element o whit we wuid nou cry nationalism
amang the Jacobites is nou bein recognised. Likewise the fact
that the British army remained in occupation o the haill o
Scotland north o the Forth–Clyde line till the mid-1750s cin
nou be seen fer whit it wis – a police action agin thae Jacobites
that 'stayed oot' an continued tae fecht a kind o guerrilla cam-
paign till at least 1753. Sae it is little wonder that whan the
American colonies threw aff the yoke o British Imperial pouer,
monie Scots supportit them. Likewise whan the French ower-
threw the despotism o their monarchy there were monie vyces
in Scotland cryin fer the same thing here, an no least amang
them Rabbie Burns. An Dundee wis like ither places in Scotland
that saw strang support fer the reformin ideas o whit becam
kennt as Radicalism.

In 1789 as the news o the French Revolution began tae
spreid, ane o the fashions that fowk took fae the French wis the
notion o the Tree o Liberty, itsel the title o ane o Burns's great
Radical poems. Dundee at the time had a Whig Club whause
President wis George Dempster o Dunnichen, an MP, an a Radical
ane at that. Like monie ither fowk, in baith Scotland an England,
up until the execution o Louis XVI in Paris in 1793, Dempster
wis happy tae pit his name tae the Dundee Whig Club's decla-
ration o support fer the French Revolution in June o 1790.
Howivver even eftir Louis got his heid chappt aff, there were
plenty wha still supportit the ideas o the French Revolution an
were cryin fer Democratic reform. At this time Scotland wis aye
ruled by ae single man appointit by the British Parliament an
the maist famous o these wis Henry Dundas, wha wis that
pouerful he becam kennt as Henry the Ninth. Parliament wis
corrupt tae its core an even the Prime Minister William Pitt
haud been cryin fer Reform ten year afore – till he got his ain
dowp on the seat o pouer.

Oniewey by 1793 anither society had sprung up in Dundee,
cried The Friends of Liberty, which wis like the Friends of the

People groups bein set up aw thro the British Isles. Even eftir the French king had been executed the Friends of Liberty an ithers still wantit reform een tho a lot o fowk that had supportit the revolution at first were nou feart that it micht spread tae Britain an had cheenged position. So it wis that ae midweek nicht no lang eftir Louis had been guillotined, a bunch o the Friends of Liberty gaithert at the Cross o Dundee tae set up their ain Tree o Liberty. Amang them wis George Mealmaker, a local weaver wha wrote a weel-kennt pamphlet cried the *Dundee Address tae the Friends of Liberty*, cryin fer democratic reform. The crowd soon headit oot the Perth Road an stoppit afore Belmont Hoose, opposite whaur the Sea Braes are nou, poued up a yung ash sapling fae the grunds an took it back tae the Cross whaur they plantit it. They then decorated it wi ribbons an ither bits an pieces, created a bonfire an had a bit o a pairty, toastin the ideas o liberty, equality an reform.

The celebrations brocht oot the Provost, Alex Riddoch, an the crowd soon had him mairchin roun the tree shoutin fer 'Liberty an Equality'. The crowd were delichtit at the Provost jinin in an gave him three cheers whan he proclaimed: 'Leave the tree tae me lads, an A'll pit a ring aroun it afore the morn's nicht.' Whit the assembled tounsfolk thocht he meant isnae clear but the wily Provost had awready sent tae Perth fer a detachment o sodgers tae be sent. Eftir a nicht o fun an jollity, which micht hae involved the odd dram, the crowd dispersed. Whan some o them cam back the next day it wis tae find the Tree surroondit by armit sodgers. Aince mair Provost Riddoch cam on the scene. This time wi the airmy at his back he stated that the Tree wuid hae tae be removed but wisely, he thocht, pit it aff tae the follaein Sunday. It wis aroun this time that a mannie wis arrestit by the sodgers fer pentin a slogan on the wa o an inn in the centre o the toun. Whan he wis captured he hid pit up in reid letters the follaein wards, 'The king shall be brocht tae the gallows.' This wis clearly treason an he was haulit afore a meetin o the Toun Council. Mebbe he wis fae Fife, an mebbe no, but there is nae doot that he wis a fly lad. Whan askit whit he thocht he wis daein pittin up sic a digraceful slogan, he calmly replied, 'Weel sirs, the sodgers nabbit me afore A had feenisht. Whit A meant tae pit up wis "The King shall come tae the gallows tae see his critics hanged".' He got aff.

The tree itsel wis torn doun on the follaein Sunday, an thrown in the toun jail fer some odd reason, but pretty soon wis quietly taen oot an replantit back at Belmont Hoose. Mebbe Riddoch an his pals thocht that wuid be the end o the maitter but the fire o Reform didnae dee oot sae easy in Dundee. George Mealmaker wis no a lad that cuid be easy pit aff an alang wi ither heroes o the Reform movement like Thomas Muir an a local meenister, Thomas Fysshe, Palmer kept agitatin fer reform. The upshot o this wis that Palmer, Muir an ithers were accused o sedition, tried an fund guilty afore a court presided ower by Lord Braxfield that wuidnae hae been oot o place in Joe Stalin's Soviet Union. They were aw transportit tae Australia, whaur Muir escaped an made his wey tae France eftir monie adventures. As fer Mealmaker, he wis tried in 1798 on a charge o sedition fer distributin Thomas Paine's *The Rights of Man*. His judge was Braxfield an aw. Whan Mealmaker claimit that in his attempts tae root oot corruption an bring in Parliamentary Reform he wis like Christ clearin the money-lenders oot o the temple, Braxfield growlit at him, 'Muckle guid it did him, He wis hangit tae.' That sentiment gies a pretty fair picture o jist how Scotland wis bein governt at the time an there were ithers in an aroun Dundee that were jist as fired up as Mealmaker.

Ane o them was James Wright, a weel-aff ironmonger wha coontit amang his pals sic luminaries as Adam Smith, Professor Cullen o Embra an Professor Millar o Glescae, leadin figures in whit is nouadays cried the Scottish Enlightenment. Anither notable o the period that he wis on gey friendly terms wi wis General Lafayette, a hero baith in his native France an in America at the time. Wright also correspondit wi Thomas Paine an helpit tae pay fer Paine's second revolutionary wark, *The Age of Reason*, tae be prentit. Eftir the trial o Muir, Palmer an the ithers in Embra, Wright realised that his jaiket wis on a gey shoogly nail an thocht he'd be better aff awa. The story goes that ae dark nicht he rowed oot intae the middle o the Tay an chuckit in a haill pile o documents that, if government agents had gotten their hands on them, wuid hae soon pit an end tae his freedom. He then left secretly fer America, whaur he sadly died a few years eftir.

Howivver he left a legacy, an whit a legacy. His dochter Fanny Wright wis brocht up by her auntie an educated, mainly at hame by a succession o tutors, tae a standart unusual fer a lassie in thae the times, ane o her tutors bein Professor Mylne, anither Enlightenment mannie. By the time she wis jist echteen Fanny had written her first book, *A Few Days in Athens*, a philosophic romance that showit her colours. In it she identified whit she thocht wis the main reason fer the problems o mankind – religion. In later years she follaeit her faither tae America whaur she focht agin slavery, lectured agin religion, advocated universal suffrage fer baith men an weemin an got the nickname the Red Harlot of Socialism. She tourit aw across the States an her talks were aften the cause o uproar an riot. A contentious figure, she is weel respectit in the USA whaur she is seen as ane o the maist influential thinkers tae influence the Democratic Pairty an a fundin mither o feminism. Haein a bairn oot o wedlock an possibly tae General Lafayette, a mannie forty years her senior, underlined the fact that she didnae care whit ither fowk thocht an aye gaed her ain gait. As sic she is studied at monie universities ower there, but as tae the institutions in the land o her birth, naethin muckle seems tae be kennt ava. Even in Dundee far ower few fowk ken aboot Fanny Wright an her influence in the development o the modern warld.

Howivver, back in Dundee the flame o Radicalism an reform micht hae flickert but it didnae gang oot. Durin the lang years o the wars agin Napoleon an the French, whit wi sae monie men haein tae fecht in the British Airmy, the cause o Reform wis kind o in abeyance. Howivver in the years eftir Waterloo when times were gey hard fer the common fowk the auld cry o Reform rose agin. It took a whilie but by the early 1830s the tide o public opinion wis provin impossible tae resist. In June 1832 the British Parliament eventually passit the Reform Bill that pit an end tae the warst excesses o corruption an gied the vote tae monie mair fowk. It wisnae oniewhaur near universal suffrage for men, an weemin didnae get a look-in, but it wis a step in the richt direction.

In Dundee the news wis greetit wi a deal o satisfaction amang them that had focht sae monie years earlier fer jist this kind o Reform an the Dundee Radicals meant tae mak shair they celebrated the Reform Bill the richt wey. Nou Reform micht be the order o the day but as ivver, them that had their hauns o the reins o pouer were feart o onie challenge tae their ain positions. The Toun Cooncil were deid set agin onie public demonstrations an were a bit offendit by the gaitherin that took place in the High Street the Setterday eftir the Bill becam law. The fowk o the toun had come thegither an sangs were sung, squibs let aff, an a guid time haud by aw. But whan a pamphlet got sent roun cawin fer fowk tae come thegither agin an pit on illuminations tae celebrate the Reform Bill on the Monday nicht, the Richt Yins o the Toun Cooncil were a bittie upset. In thae days afore electricity, public illuminations were a recognised form o celebrations an generally meant pittin up loads o torches an, naturally enough, haein some kind o bonfire. An tho Parliament had voted fer Reform the auld weys o rinnin the Cooncil had yet tae cheenge.

Nou the Justices o the Peace werenae keen on haein this kind o thing happenin but decided that gien the spirit o the times it wuid be better tae let the celebrations tak place. Sae it wis that near the haill toun cam oot tae celebrate the Reform Bill on the Monday nicht. There were torches aw ower the place, candles burnin in windaes, aw the ships in the harbour were flyin flags an some o them even let aff guns tae add tae the atmosphere.

Ane o the great tricks o the time at sic events wis tae get an auld boat, load it wi tar barrels an set it alicht – nae health or safety jobsworths aboot the place then – then drag it thro the toun. An auld boatie wis gotten at the harbour, a tar barrel pit in an lichtit, an then some o the crowd poued it wi a rope up Union Street, alang the Nethergate, up Tay Street, doun the Overgate tae the High Street an parkit it opposite the Toun Hoose that uised tae sit whaur the City Square nou is.

The haill atmosphere wis a happy ane an by aroun hauf past eleeven at nicht the crowd had begun tae melt awa, aff tae their beds, an only a hard core o aroun twa hunder fowk were still aroun the burnin boat. It wis at this pynt things began tae cheenge. A crowd o Special Constables, recruitit by the Cooncil an the JPs, alang wi a handfu o the local polis appearit an surroondit the fire. As some o them began tae chuck watter on the fire ithers began tae push back the crowds that were still staunin aroun, an they werenae that gentle in daein it. This got a response; the mood cheenged in a flash an afore ye cuid say Jack Robinson stanes were fleein at the bobbies. They were driven awa fae the fire an doun St Clement's Lane, a few o them takkin pretty hard injuries. They focht back an in the coorse o the action aroun forty o the crowd were huckled awa tae the jile. Whither oniethin micht hae happent gin the polis had the guid sense tae jist let the fire die awa we'll nivver ken but the upshot o it wis the follaein mornin them that had been huckled were brocht afore the magistrates. Gien the confused nature o things the nicht afore maist fowk were let go but three men were charged wi assaultin the constables an pit in the prison in the Toun Hoose, wi nae bail, despite fowk offerin it.

As the day went on the story o whit had happent spreid thro the toun an by the back o seeven a big crowd had gaithert in the High Street an they werenae happy. There were far ower monie o them fer the polis tae control, een wi the help o the specials, an things began tae look ugly. Fowk in the crowd began tae talk aboot takkin it oot on the JPs theirsels gin the lads in the jile werenae let oot. The JPs an ither Cooncillors gaithert in the Toun Hoose.

They were lookin oot the windaes at the hostile crowds when they saw somethin comin taewards them fae the harbour. It wis anither auld boat wi lads cairryin barrels o tar alongside. The boat wis brocht tae jist in front o the pillars o the Toun Hoose, the tar pourit intae it an the haill thing set alicht. Smoke fae the burnin boat billowit up an intae the Cooncil Chamber. The scene wis gettin fell ugly an the crowd pusht the boat richt up agin the doors o the buildin. Aw the time shouts were comin tae let the lads oot.

The JPs kennt they were beat an went tae the Police Office in the buildin tae get the keys tae the jile an let the men oot. The keys cuidnae be fund. When they heard this the crowd went wild. Some lads ran aff an got a big rafter fae a nearby yaird an the doors o the Toun House were battert in while the Cooncillors, an the high heid yins o the polis that were wi them, ran oot the back door. The crowd had gone radge by this pynt an as suin as the lads were let oot o the jile, the Police Office wis turnt ower; books an furniture, uniforms, lanterns an ither stuff gettin taen ootside an chuckit on the bonfire. The burnin boat itsel wis poued oot intae the middle o the High Street tae stop onie buildins catchin fire an aw thro that nicht mair fuel wis addit tae it, keepin it bleezin till dawn. The hoose o the Superintendent o Police had aw its windaes broken an the haill hoose trasht, while there wis a bit o lootin o businesses connectit wi some o the officers o the law. Aw thro the nicht the polis had tae hide whaurivver they cuid as the rioters took ower the haill toun.

The follaein morning the toun wis still in uproar tho things quietent doun when the Earl o Airlie in his job as Lord Lieutenant o the County o Forfarshire cam intae the toun an addresst the crowd. Tho he wis initially peltit wi rags fae the polis claes that had been burnt the nicht afore, he stood his grund an his efforts at quietenin things doun had an effect. The Cooncillors o coorse had panickt an sent fer the sodgers an aroun midday a pairty o the 78th Highlanders cam intae the toun and drew up in front o the Toun House. An eftir that hunders o Special Constables appearit, as if fae naewhaur. Onie thochts they micht hae had o takkin revenge were suin stoppt when the populace cam oot in their thousans an fillit up the High Street. Howivver the fury o the people had calmit doun an things stayit peaceful, tho the atmosphere wis still gey tense.

The eventual upshot o sic an affair wis easy tae foretell. Ae wey or anither the law had tae be seen tae be upheld, nivver mind the fact that the haill thing had come aboot thro the stupidity o the polis. The original three lads were gien six months in the Dundee jile but fower men that were chairged wi mobbin an riotin at the Toun Hoose that nicht werenae sae lucky. Pit on trial at the High Court in Embra, an despite the fact that aw had alibis substantiated by a wheen o witnesses, they were aw fund guilty. Twa o them were sentenced tae fowerteen years in the penal colony o Australia, anither ane fer seeven year an the last ane got aff wi jist echteen months in the jile. Petitions were drawn up an signit by thousans, then sent tae the king, but it wis aw tae nae avail. The rule o law maun aye be seen tae hae the upper haun, justice no really bein a maitter fer the fowk that admeenister it, an some wuid say it's no that different the day.

An as fer the Toun Hoose, thon warld-class architectural masterpiece by Robert Adam, it survived the riotin an the burnin but the same Cooncil in 1934 cawed it doun tae gie a guid view o thon bland pseudo-classical banality, the Caird Ha. Money disnae talk, it shouts, eh?

Pair Grissel Jaffray

I N THE YEARS EFTIR the Reformation o 1560, Scotland fell intae a kind o mass hysteria that lastit a fell lang time. It seems that men the length and breadth o the country were obsessed wi the notion o witches, an nane mair nor the king himsel James VI, that went on tae be the the first monarch o the haill o Britain in 1603 follacin the death o Queen Elizabeth o England. Some fowk still think it funny that tho she wis the Queen o England, the current wifie in Buckingham Palace cries hersel Queen Elizabeth II as if Scotland didnae exist back then as a separate country. They wish. Oniewey tho the king wis fixated wi witchcraft, he cuid be seen tae hae some reason fer it. Eftir aw, there wis a conspiracy by a coven o witches fae North Berwick wha plottit tae sink his ship, wi him on it, in 1590. Weel, some o them that were arrestit fer this did confess. But whan ye think o the things that were done tae witches tae elicit sic confessions, ye hae tae wonder gin they werenae aw admittin tae oniethin tae escape further agonies on the rack, by the boots or thumbscrews, or bein poked wi reid-hot irons or stabbit alow their fingernails wi big needles. Sic wis the dementit hysteria o the men persecutin the witches – an aw in the name o their merciful God – that ane o the tests o witchcraft wis tae tie up some puir auld wifie an fling her in a pond or loch. If she floatit this wis taen as proof she wis a witch – if she drounit, she wisnae.

The thing aboot Jamie VI wis that he wisnae the first o the Scottish monarchs tae believe in witchcraft. His grandfaither had pit Lady Glamis on trial fer bein a witch back in 1537, the fact that she wis a member o the Douglas faimlie that he hated wi a passion nae doot jist bein a coincidence. Oniewey Dundee wisnae spared the madness o the times an a fell few puir auld buddies an distractit yung quines were burnt tae death in the toun ower the years. The self-righteousness o the supposit God-batherers that pickit on defenceless weemin taks some unner-staunin nouadays, but like monie o their sort, self-doot wisnae an option an they were fell fond o quotin fae their Bible; 'Thou shalt not suffer a witch tae live.' An they were aye pretty smug whan the wifies they chose tae persecute endit up confessin tae Satanic practices.

It micht seem that in Dundee the Presbytery wis a bit mair merciful nor ithers fer in 1669 they passt an ordinance tae banish oniebodie fund guilty o witchcraft fae the toun, rather nor burnin, drounin or garrotin them, aw o which practices were fairly common. Mind you, that same year the fanaticism hidin ahent sic an apparent merciful approach burst thro intae the licht. A local burgess cried James Butchart, wha wis a successful brewer in the toun, had mairriet a lass cried Grissel Jaffray that wis a fit-liker. They had a hoose aff the Overgate an fer a lang time their lives seem tae hae goe on jist fine, raisin a son wha whan he grew up took tae the sea an, nae doot helpit by his faither's siller an influence, endit up as a ship's captain. They even seemit tae hae come thro the horrors o the siege o Dundee by Monck's troops in 1651 withoot ower much bather.

We cannae be shair whit happent in the late 1660s but it wuidnae be far aff the mark tae jalouse that Grissell had pit somebody's nose oot o joint afer she wis reportit as a witch. It wis a period whan the ongoin hysteria agin witchcraft cuid burst oot like a lang-slumberin flame an the cry o 'Burn the witch' run thru the toun. Mebbe Grissell wis ane o thae weemin that haud the auld knowledge o healin that haud been handit doun fae mither tae dochter fer centuries if no fer millennia. In the time whan the masculine, scientific, evidence-based medical profession wis still bit o a lang-aff fantasy, fowk turnt tae the auld weys tae fend aff illness an cure disease. An maistly it wis weemin that had sic skills an like monie anither human attribute, the langer they warkit at the healin the better they were likely tae get. Tae modern een some o the things they got up tae wi auld spells an bits o reid thread micht soun daft but even jist if fowk believed that they cuid get better wi sic cantrips they were o some uise, whit nouadays we'd cry the placebo effect, tho there wis shairly mair tae their skills nor that. It wis generally weemin that had sic skills – weedows mebbe that cuid help pit food on their table by helpin oot ither fowk, that were the target o the vicious witch-persecutors o the times.

Mebbe agin Grissell wis mair intelligent nor her peers an wis resentit because o it. We canne be shair, bit whit we cin be shair o is whit happent tac hcr. Nae doot eftir bein tortured fer days on end she had confessit tae her supposed crimes, an sic a confession cuid only hae ae ootcome. Death. The records fae the time tell us that she even named ither weemin as bein witches as weel, nae doot tae try an spare hersel mair agonies. Ye cin unnerstaun how it is a fact that an affy lot o the wifies that were burnt gied their confessions in near exactly the same wards – nae doot wards that were pit in their mooths by the fowk that were torturin them.

Wi his wife arrestit fer bein a witch – in jist aboot ivvery case this meant they wuid be fund guilty an burnt – James's trade fell awa aw thegither. Naebodie wantit oniethin tae dae wi him in case they got taintit wi accusations o dealin wi Satan theirsels – accusations that cuid only hae ae end. His laddie James was aff in the Baltic tho he wis expectit tae be back sometime aroun the back end o the year. Suin James wis turnt intae a pathetic auld drunk, drinkin awa awa the possessions an siller o a lang an successful life, sittin aw his lane in the lowest shebeens o the toun, the ainlie place he cud get a drink. There wis naethin he cuid dae tae help his wife een gin he wantit tae. She had been fund guilty as a witch an she maun die. Nou witch burnins, blesst by the pouer o the Kirk an the Cooncil, were a dreadfu thing but fowk wuid aye turn up tae watch them, in fact were expectit tae show their ain attachment tae the Christian faith by bein there. Affy tho it micht nou seem, sic events were a kind o public entertainment tho ye cin imagine that monie o the jeerin an cheerin crowds were feart o haein the finger pointit at them theirsels. But we hae tae admit there is a streak o badness in monie fowk an a wee bit o it in monie mair that cuid mak sic a twistit an pervertit event acceptable.

The day cam fer Grissell tae be burnt. A lang stake had been driven intae the grund by the Toun Cross in the High Street, an it was piled roun wi bundles o wuid. Executioners wi onie speck o humanity wuid aye pit green wuid in amang the rest so the puir victims wuid be smothert afore they were burnt tae death. Ithers wuid strangle or hauf-strangle the puir weemin sae they didnae feel oniethin aince the flames began tae dance aroun them. We cin but howp that the mannie in chairge that day helpit Grissell as muckle as he cuid. Aince the scene wis set an the haill o the centre o the toun wis jammit wi fowk – monie o wha had come in fae the surroundin villages tae see the sicht – Grissell wis brocht oot an draggit up tae the stake. As this wis duin ane o the pious meenisters o the kirk rantit an roarit o her sins afore the face o God, as the excitement biggit up. Aince she wis tied tae the stake, an officer o the Cooncil read oot her sentence an the executioner steppit forrit wi a burnin brand in his haun. A hush fell on the crowd as he bent tae licht the wuid stackit aroun the stake. As the flames took haud, it seemit like the executioner had been a mercifu man fer there wis a great deal o smoke. Suin a great plume o smoke soarit up intae the sky an onie death screams o puir Grissell Jaffray were drounit oot by the jeers o the crowd an the singin o psalms by the particklarly godly, led by the meenister.

The plume o smoke rose above the toun, till it cuid be seen oot in the Firth whaur a ship wis headin intae port. This wis James Jaffray's boat comin back fae a succesfu voyage tae Sweden, loadit wi timber an ither gear. On board the crew were aw concerned at this sicht. Whit cuid it be?

'Ach, it looks like the richt yins are burnin anither witch,' said Tam Gellatly, the bosun, tae his captain.

As he said it a cauld shiver ran up James's spine, an he felt an affy sense o empty dairkness come ower him. He shook himsel. Naw, it cuidnae be oniethin tae dae wi him.

'Aye A think ye're richt, Tam, that'll be it,' an he turnt tae gie instructions tae the crew tae come aboot fer the port.

As they cam in taewards the harbour they were met by a pilot boat.

'Whit's goin on in the toun? Are they burnin a witch?' Tam shoutit as the boat cam close an the pilot climbit on board. This wis Wullie Falconer, a man they aw kennt weel enough an the look on his face gave them aw an affy feelin.

He lookit straicht at Jamie Jaffray. 'Jamie, A'm affy sorry tae tell ye. It's yer mither they're burnin the day. She wis fund guilty o bein a witch an ye ken…'

Hic vyce tailit aff as he saw the look o horror come across Jamie's face. He fell tae his knees lettin oot an affy scream, 'Mither!' The gills that had landit on the ship's yards took fricht an flew aff an even on shore some fowk heard yon terrible scream. Jamie knelt on the deck, hauns tae his face, wrackit wi great heavin sobs. Naebody cuid move, naebody cuid speak. Nane o them kennt whit tae dae in sic a situation.

But Jamie Jaffray wis made o strang stuff. Wipin the tears fae his face, he stood up, his face a grim, grey mask, an lookin twenty year aulder than he had a few seconds earlier.

'Thank ye Wullie. A'll no be needin yer help. Ye cin gang back tae that damn place richt nou.'

Turnin tae the man at the wheel o the ship, he gave his orders an then as the ship began tae turn he cried tae the rest o the crew.

'Up aloft the lot o ye, pit on as muckle canvas as ye cin, we're leavin. An we'll no be comin back tae sic an evil place as this, may aw the fowk o Dundee rot in hell.'

Within a few weeks Jamie's hairt-broken faither had drunk himsel tae death an Captain Jaffray, eftir he had sellt his cargo in Leith, had headit back tae Sweden an wis nivver seen in Scotland again.

Nivver eftir yon did the Dundee fowk gaither tae see a witch burnt.

Lizzie

NOU BACK IN the echteenth and nineteenth centuries there wis a thrivin cottage industry aw ower Scotland that disnae get mentiont that often these days. It wis a traditional wey o daein things that the Government wis deid set agin. This wis the peatreek industry, the makkin o hame-made whisky. Nou some fowk think that it stairtit up in the Hielans but gien that maist Scots fowks' likin o a bit pairty an the ivver-present need tae hae somethin tae keep oot the cauld, it wis actually somethin that happent aw ower. The underlyin notion o it wis that even monie respectable kirk-gangin fowk thocht that, jist as it wis yer richt tae mak parritch fae the oats ye grew, it wis fine tae mak peatreek wi yer barley – eftir aw, were baith no pairt o God's bounty tae be acceptit and traisured?

Nou fae the late echteenth century, as the clearances o the Lowlands began tae bite an fowk were movin in thrangs tae the auld touns an the new model villages, the mairket fer guid whisky kept increasing an fowk oot in the country were nivver sweir tae mak a few bob by supplyin yon mairket. There were them that did their distillin in the touns but whit wi the smell o it an the smoke, there wis mair chance o bein fund oot by the gaugers in the touns, sae maistly the guid stuff wis made in the countryside.

Nou it wisnae that hard tae mak tho ye did hae tae tak care, an no jist tae avoid bein fund oot. The barley had tae be soakit fer three days – generally a sack o it jist bein dumpit in a nearby burn – than ye had tae spreid it oot an watch it begin tae sprout, turnin it ivvery wee whilie – a painstakin an carefu job generally duin by the weemin fowk. Then ye wuid roast it an begin the actual distillin process. Aince it had been biled up then distillit it wuid be left tae mature – generally fer aboot three days! An gien there wis sic a steady mairket fer the stuff it canne aw hae been aw that bad. Howivver there are aye fowk that hae a certain kind o touch in maist human acteevities an some fowk's peatreek wis mair popular than ithers. Ane o the maist popular in Dundee wis the peatreek o Lizzie Rattray. She had lang been supplyin a range o howffs aboot the toun as weel as a guid few steady ordinary fowk.

Lizzie had been taught the trade by her grandfaither an had been makkin the peatreek hersel since her early teens. An early doors she had showit that she wisnae someboadie tae mess wi. Whan she wis aboot seeventeen, an bidin in the hoose near Mill o Mains that she later inheritit fae her grandfaither, she had awready begun tae mak a name fer hersel. She wis a bonnie, strappin lass wi lang reid hair, spairklin green een an a figure that aye drew admirin glances, an the occasional whistle, fae men o aw ages.

Nou aroun this time a new gauger had been postit tae the Dundee area. The ordinary gaugers at this time werenae paid oneithin mair nor a tiny pittance an had tae rely on sellin aff the peatreek they cuid confiscate fer their wages. Mebbe the intention o the government wis tae try an mak them wark aw the harder or mebbe it wis jist sheer meanness, but the upshot o it wis that monie o the gaugers were fly-by-nicht types, wasters an general guid-fer-naethins. An the new gauger, cried Tam Maisters, wis nae better nor the rest, in fact he wis warse. He'd only been in the area a few weeks an awready he had a reputation fer bein naethin but a dirty wee tyke. He took particklar pleasure in accostin yung weemin an searchin them. As lang as he cuid say that he suspectit they were cairryin illicit smuggled spirits he cuid dae whit he liked. An gien that the main wey the whisky wis brocht in tae the toun this meant he had great fun grabbin at the lassie's breists an stickin his haunds up their skirts, supposedly lookin fer whisky. Fer the whisky wis bein shiftit in animal bladders that made gey handy receptacles fer the golden fluid. They cuid be pit intae milk churns, hidden amang vegetables, but were maistly tied tae ae pairt o the body or anither alow the outer claes. An lassies wuid in general tie them tae their waists an hae them hingin doun alow their skirts. It wis even thocht – an A'm no kiddin here – that whisky that wis transportit in sic a fashion wis influenced by bein kept close tae the warmest pairts o the female anatomy an becam a bit mair concentrated, an sweeter! It shairly gies anither dimension tae the idea o the angels' share, no?

Oniewey this ae nicht, a bonnie warm September gloamin, Maisters wis hidin in the bushes on Auld Glamis Road as Jeanie headit intae toon wi three bladders o her finest, destined fer the MacDonald faimlie on the Hilltoun, wha haud been dealin wi her grandfaither fer years an were nou jist aboot her maist regular clients. As she cam up the brae, the gauger loupit oot in front o her in his official blue jaicket an fancy hat.

'Aha, bonnie lassie. A am an exciseman fer the King an A hae guid reason tae think that ye are cairryin smuggled spirits. Stand still while A search ye.' This wis said wi whit ye cuid only cry a pervertit leer. He wis lookin forrit tae gropin this richt bonnie yung lass, an bein daft enough tae think he wis a bit o catch himsel he wis thinkin things micht even get a bit mair interestin. But he got mair nor he thocht.

He bent doun an liftit up Lizzie's skirts. There tied tae her waist were three bladders o whisky. He had her. Jist as he settled back on his hunkers, an evil smile spreidin across his futret-like features, Lizzie made her move. She'd kennt fine he wis aboot the place an had laid her plans accordinly. He wis jist aboot tae grope her whan she grabbit the bladder on her left side, poued it free wi ae quick twist fae the special knot it wis tied wi, an, swingin it oot, skelpit the crouchin gauger on the side o his ugly wee mug. The force o the skelp coupit him ower, then the secont pairt o Lizzie's plan cam intae action. She had deliberately uised an auld bladder she had gotten fae her grandfaither that wis wearin gey thin an near the end its uiseful life. The force o the dunt tae the gauger's heid burst the bag an the whisky splattert ower his face an intae his een as he fell. He screamit as the spirits ran intae his een, an graspin at his face he tried tae get up. He hid jist gotten tae his knees, moanin an howlin, whan Lizzie took a step back. Takkin jist enough time tae mak shair o her aim she bootit the wee sumph richt in his waddin tackle. This time the yell he let oot wis damn near lug-burstin an he collapsed writhin ontae the road. Lizzie pickit up the burst bladder. Pourin the dregs ower the cratur rollin in the dirt, she chuckit the bladder ower the roadside dyke an went on her way.

Near the top o the Road there wis an inn an Lizzie headit straicht there, rufflin up her hair an loosenin her claes as she went. A few meenits later she burst intae the inn, sobbin an gaspin.

'In the name o some big hoose, Lizzie, whit's wrang?' askit Big Willie Carnegie, the local smith, wha wis in wi a wheen o his pals.

'A've jist been attackt doun the road,' Lizzie blurtit oot. 'A managed tae get awa an hit him wi ane o ma bladders but A'm feart he'll come eftir me.'

'Dinnae fash lass,' said the big smith in a dangerous tone o vyce, 'me an the lads'll see tae him.' An follaiet by three or fower ither local lads wha had aw kennt Lizzie since she wis a bairn, he went oot the door an intae the nicht. Stoppin tae tak a dram gien by mine host, Lizzie sortit oot her claes an hair, an headit on tae deliver the ither bladders tae her customers. As fer Maisters, some fowk said he wis nivver seen agin as he had up an heidit back tae the Borders whaur he cam fae, but ithers hintit that he wis nivver seen agin as he wis leein alow the yird in a field close tae the Auld Glamis Road.

Sae ye cin see that Lizzie wis a capable quine an thro her lang life she had only ivver been caught an fined aince or twice but had aye managed tae keep her wee pot still safe. It wis hidden in an auld cellar alow her kitchen, but enterit thru a wee tunnel that cam oot in her gairden. Nou tho, she wis gettin auld. Fowk in the area cried her hoose Bladder Ha, as Lizzie had lang had the habit o pinnin up auld bladders that were past their best on her was. Wi the passage o time some o them twistit in tae gey funny shapes an some fowk veesitin her fer the first time got an affy fleg, thinkin they were some kind o orrie baists! This jist made Lizzie laugh. But nou the years were beginning tae slow her doun an at last she decided tae ca it a day. She wuid mebbe mak ae batch o whisky a year, jist 'tae keep the cauld oot', as the sayin goes. Aince she had made her mind up she tellt her customers ane by ane as she took her peatreek roun in her auld cairt, poued by Jessie, her auld mare, wha truth tae tell wis gettin past it hersel. She had jist stairtit pittin the ward oot o her comin retirement whan, late ae nicht, there wis a chap at the door.

She answerit it tae see Yung Tam MacDonald staunin there. Nou Yung Tam wis in his forties but she had kennt baith his faither and grandfaither afore him an tae her he wuid aye be Yung Tam.

'Hello Lizzie,' he said, 'cin A come in?'

'Och aye, aye,' she said, usherin him in an closin the door.

'Sit yersel doun Tam an A'll get us a dram,' she said, movin tacwards the sideboard whaur an auld greybeard jug fou o her verra best wis sittin.

'Weel Lizzie, cin ye tell me it's no true,' the mannie askit.

'Whit? Whit dae ye mean?' she spierit back at him. 'Whit's no true?'

'That ye're goin oot o business Lizzie, tell me it's no the truth.'

'Ach weel,' she said wi a wee smile. 'A'm near seventy year auld, Tam. Aw ma bairns are daein weel an nou A've fower great-grandbairns. A've warkit aw ma days an A think A'm entitled tae hae a rest nou, Eh? Especially nou that they've brought in aw thae new gaugers tae the toun. It's gettin an affy lot harder tae get the stuff intae fowk, ye ken.'

'Och aye, aye Lizzie, A ken, but it's jist that… it's jist that ma yungest, Lizzie, the ane we cried eftir yersel, is gettin mairried neist month. Her lad's a fine fellae, warks at the docks wi a guid job an their bairn's as bonnie an healthy as ye cuid ivver howp.'

'Aye, that's grand news Tam,' Lizzie replied wi a wee frown runklin her broo, 'but whit's it dae wi me?'

'Och, Lizzie ye ken there's no been a waddin in the MacDonald faimlie withoot the Rattray whisky fer ower a hunder year, fae yer grandfaither an yersel. We were coontin on haein yer peatreek fer the do.'

'Oh, A see,' said Lizzie, 'dinnae ye fash Tam. A'll dae ye a run o the guid stuff fer yer dochter's waddin, tho it'll hae tae be the last. Ye'll jist hae tae get yer whisky some place else eftir thon.'

'Thank ye Lizzie, thank ye affy much, it's kind o ye an A cin tell ye that we'll fair enjoy it een if it be the last we'll get. An that's a shame fer there's nae doot ye mak the best whisky onie o us ha ivver tasted.' This wis said wi a relieved smile.

So Lizzie Rattray made the last commercial batch o her famous peatreek. The makkin o the stuff wis nae that much o a bather, she wis still gey fit fer her age, but she wis bathert by the increased presence o the gaugers. She had been tellt they had mountit men oot in the countryside watchin aw the roads an the main roads intae the toun had groups o gaugers searchin jist aboot ivvery cairt an lots o the fowk that cam in. Still she'd gien her ward that she'd get the *uisge beatha* tae the MacDonalds an ae way or anither she wuid get it duin.

So the day o the waddin cam roun. It wis early October an a bonnie warm day wi the countryside a blaze o colour as the leaves were stairtin tae faw fae the trees. Doun at the West Port road intae the toun a group o gaugers were staunin aboot, some o them searchin cairts, ithers makkin coorse remarks tae yung lassies passin an generally actin like the sumphs they were. There were bairns aw ower the place, it bein a Setterday nane o them were in schuil, an the West Port wis buzzin. There wis a steady stream o traffic comin in alang the Blackness Road. Suddenly tho the gaugers heard a bit o a commotion alang the road an a host o bairns ran by. Somethin wis up. Suin they cuid hear the soond o laughter an the shouts o bairns. They lookit alang the road an there cam an affy sicht. It wis an auld wumman on the back o a horse that lookit like it shuid hae been buried lang afore. It wis naethin but skin an bones but if it wis an affy sicht, the cratur on its back was a lot worse.

Dressit in the hecht o fashion – fae aboot fifty year afore – wis Lizzie Rattray. She wis wearin a dress she'd been gien years afore by a meenister's wife whan she had kept the meenister himsel oot o bather caused by his likin fer her peatreek. The dress wis made o heavy brocade. It wis colourit green an black an in bits ye cuidnae tell whither it wis black cloth or mould that wis stickin oot. The great dress lay spreid oot aw roun her, drappin doun alow the horse's hocks an tae tap it aff she wore a hat. The hat wis made o the same kind o stuff an wis aboot three times the size o the auld wifie's heid, spreid oot like a great parasol. Bairns were hootin an pyntin fingers an fowk were stoppin aw alang the toad tae gawp at this comical sicht. But Lizzie paid nae attention, haudin her heid up like she wis the very picture o perfection itsel. The gaugers saw her an stairtit laughin.

'Meh Goad, wuid ye look at yon!'

'That's no mutton dresst as lamb, that's jist mince!'

There were monie mair comments o a similar kind as the gaugers had theirsels a guid laugh.

They were aw tryin tae ootdae each anither in mockin the auld wumman but she paid them nae mind at aw. An nane o the gaugers there that day kennt wha she wis an they let her pass freely by wi their jibes an insults ringin oot. On she went thro the West Port an doun intae the toun tae a pend doun Yeaman Shore taewards the harbour. As she cam doun the street the laughter wis still ringin oot ahent her, then she saw jist whaur she was headin. A couple o big doors swung open tae let the auld wumman in at a yard whaur tables an benches were laid oot fer the waddin o yung Lizzie MacDonald. As suin as she wis in the doors swung shut ahent her an Tam an his brithers were at her side.

'Weel done Lizzie,' cried Tam as she whippt aff her hat an passit it doun. Inside it wis a goat's bladder o whisky an alow her dress there were three big ox's bladders fou o the verra best peatreek she had ivver made. Lizzie wis gaein oot o the business in style an they say the pairty lastit till the Monday o the follaein week. A fittin fareweel fer Auld Lizzie o Bladder Ha.

The High Landies

FOWK OFTEN GANG on aboot Embra an it's likely mair than aince ye'll hae heard the auld chestnut, 'See Embra? See History? Hoachin!' Weel that micht be richt enough, an even till this day ye cin see the auld hooses o the Royal Mile an the Auld Toun soarin like medieval skyscrapers above the capital. Oor freens fae Weejiville aye mind o them, an like tae draw attention tae the auld habit o 'Gardieloo' whan fowk jist flung the contents o their chanties oot o the top stories o the tenements intae the street alow. Acid rain's nae bather tae the Embra fowk they'll say, they're uised tae a lot warse!

But Dundee's been aroun a lang time as weel, an has its ain history, an it haud its ain skyscraper in the auld days an aw. This wis Robertson's Lands or the High Landies as it wis cried whan A wis a laddie in the West End. A fu nine stories high it stood on the corner o the Scourin Burn an Larch Street, an by the time o the early '60s it haud a bit o a reputation. It had lang been empty an A mind an uncle o mine wis said tae hae been up there ae day an saw a massive rat – we'll no ask jist whit he wis daein in an auld abandoned building but there are them amang us wha still mind 'derryin', tho happily the statute o limitations his lang past! Fer them that dinnae ken, derryin wis the name gien tae the practice o wanderin thro the monie abandoned tenements o Dundee tae see whit ye cuid find, back in the '60s and '70s afore they were cawit doun in the name o progress, spellt P R O F I T! Oniewey ma uncle aye tellt that the thing wis the size o a dug – it varied fae a collie tae a Great Dane dependin on how monie drams he'd haud – an that he wis that impresst that he an a pal went eftir it an managed tae catch it in a cage an kill it. Whit the rat haud ivver done tae them A'm no exactly shair.

Howivver there wis anither reason the High Landies wis avoidit, ither nor the rats, an the ivver-present possibility o the haill place fawin doun aroun ye. It wis said that fer monie years the tap storey o the buildin lay empty, lang afore the rest o the place wis clearit. Some fowk uised tae say it wis because it wis-nae safe, that the stairs were sae steep they were affy dangerous, but ithers tellt a different tale.

The High Landies were pit up sometime eftir 1850 an the mannie that built them, Robertson wis his name, wis shair that he cuid mak a killin fae the number o flats that the place had. He haud mair nor twice the number o flats than ither tenements. Nou buildin something thon high wis a bit oot o the ordinary but builders have aye had a tendency tae be a bit fly an whitivver he had tae dae tae get the thing built, Robertson did it. An richt enough there wis plenty o demand fer the flats at the time an he wis makkin plenty o sillar. The higher up ye got, jist like in the Embra tenements, the cheaper the rent an fowk at the verra tap tendit tae be on the poor side, compared wi their neebors further doun even, tho in the hard times o nineteenth-century Dundee damn few o them were ither nor poor theirsels.

An ane o them that took a place on the tap flair wis a man cried Donald McPatrick wha wis a labourer in the Blackness Foondry, the back o which wis straicht opposite the Landies. He wis a big, tall, strong mannie an fowk kennt fine that he wuid only wark gin he haud tae, an at ither times he wuid tak onie opportuity that cam his wey. An if that involved a bit o thievin, weel he winsae the first or the last. Howivver some fowk turn tae theft because o poverty an the need tae feed their faimlies, an he shairly wisnae ane o them. He had taen ane o the wee single-roomed flats at the tap o the Landies an there he lived wi his wife, a wee, frail-lookin cratur that ower aften cuid be seen wi bruises an lumps. McPatrick wuid aften batter her whan he cam hame frae ae pub or anither, an maistly the kind o place that wuid pit up wi him wis no the kind o place daicent fowk wuid want tae gang near.

Ae nicht he had been boozin at a wee shebeen in the Burn an had rin oot o sillar. Cryin fer mair drink on tick he wis suin chuckit oot ontae the street, fer big an strang as he wis, there were plenty ithers harder nor him, an he kennt it. Oniewey, cursin at the fowk fae the pub an wantin mair drink, he wandert taewards hame. As he passt alang the road a thocht cam intae his mind. He kennt that the nichtwatchman at the foondry aye kept ae door unlockit an decidit tae see if he cuid find oniethin in the foondry that he cuid sell or barter fer mair drink. Jist inside the door he pickkit up a big spanner that he thocht micht be uisefu tae help him brak intae the manager's office, whaur he was pretty shair there wuid be somethin warth dobbin. He wis headin fer the office whan he heard the watchie comin an boltit back ootside. Cursin at his bad luck he decided tae head hame an gang tae bed, forgettin aw aboot the fact that he had a spanner in his haun.

Gettin tae the Landies he began tae climb. Nou aften enough in the past he had cursed the length o the stairs he haud tae climb tae get til his kip but whit wi the drink an his resentment at the fowk in the bar, the nicht watchman, an A suppose, the haill warld, the stairs seemit even waur nor usual. Sae he began cursin an growlin, wakin hauf the fowk in the close an by the time he got tae the tap flair he wis in a bleezin temper.

In the wee flat his puir wife heard him comin up the stair an her hairt stairtit poundin. There wis nae food in the place fer he'd taen aw the siller they haud tae gang tae the pub an she cuid tell he wis in a foul mood, sae wis shair she wis aboot tae get yet anither hammerin fae this brute she cried her man. He staggert in an sat doun by the cauld fire an shoutit fer his tea, still wi the spanner in his haun. She had barely begun tae tell him there wis nae food seein as he'd taen aw the money fer drink whan he lookit up at her fae the chair wi an evil look on his face. She tried tae step back but afore she cuid move a muscle, he swung his haun up an wallopt her richt in the middle o her foreheid wi the spanner. She fell tae the flair like a sack o coal withoot makkin onie soun at aw. He lookit at her lyin there an as the blood began tae seep fae the puir lassie's broo he slowly began tae realise whit he had duin. Whither or no he had onie real feelins fer the wumman he cried his wife, naebody'll ivver ken but he kennt fine whit he had done. He ran tae the door an opent it. There facin him were a crowd o neebors he had waukent fae their sleep, that had heard the shoutin an the ominous silence that cam eftir it.

As they lookit intae the hoose they cuid clearly see the body o Mrs McPatrick leein there on the flair. He wis driven back intae the flat an ane o the wifies bent doun tae see tae the puir wifie.

She lookit up an said simply, 'She's deid.'

At that three or fower o the men grabbit McPatrick an naebody his ivver tellt exactly whit happent next.

Aw that we cin be shair o is that whan the polis cam by in the mornin they fund a wifie's body covert wi a clean white sheet an aside her the battert an bluidy corpse o her husband, a large spanner leein by his side. Nae maitter whit the polis askit, aw they got wis silence, nane o the neebors hid heard oniethin, they said. Nou the polis back then, an some micht say the day, wuidnae generally let sic a thing pass but it wis gey plain whit had happent an they cam tae the conclusion that it micht be better tae let sleepin dugs lie, eftir aw a roch kind o justice did seem tae hae been duin.

Fae that day on tho, naebody wuid ivver rent the wee flat an whan the faimlie next door moved oot naebody wuid tak it eethir. Than the faimlies on the landin alow moved oot as weel. In the local bars the talk wis that there were eerie screams comin oot o the Murder Hoose in the middle o the nicht. Some fowk even said they had seen the ghost o the puir wumman wanderin roun the tap three flairs o the Landies.

Suin the haill place was desertit an Robertson's plans o makkin his fortune fae the super-tenement nivver did come tae oniethin an there's them that'll tell ye that whan the building wis cawed doun in the early '60s, mair nor ane or twa o the demolition crew saw an heard things that they were gey sweir tae talk aboot.

Professor Drummer

FER CENTURIES FOWK in Scotland hae been affy fond o learnin. It's pairt o wha we are an ane o the particklar aspecks o Scottish society is that, bein rootit in a richt ancient egalitarianism that stems fae our tribal past, this love o the learnin wisnae restrictit by wealth, religion, location, language or yon late English incomer, class. The tradition o the autodidact, the self-learnt individual, is, like the notion o the lad o pairts, a strang notion in aw Jock Tamson's bairns.

This love o learnin wis affy strang in a mannie that cam tae Dundee in the 1790s. This wis Dan McCormick, a sodger in the Argyllshire Fencibles that were stationt in the Dudhope Barracks. Nou Dan had been born in London in 1760, his parents havin flittit there fae Lochaber a whilie earlier, an there's them that say it wis because, bein Catholic an thus likely Jacobites, they were weel advised tae quit their hame at the time o the famous Appin Murder in 1752, wi the notorious subsequent show trial an judicial murder o James o the Glens. He wis convictit o the killin o Colin Campbell o Glenure, The Red Fox, an the pouers that be took the chance tae rid themsels o James Stewart, a weel-kennt Jacobite an local leader. James himsel kennt wha had fired the fatal shot but went tae the gallows withoot sayin a ward. Be that as it may the McCormick faimlie didnae prosper an Dan, an ainlie child, lost his mother whan he wis still gey yung. His faither struggled on, makkin a poor livin as a dyer, but by 1775 Dan had flittit back tae bide wi his relations in Lochaber. Times were hard fer awboadie back then, weel fer the common fowk oniewey, an a few years eftir this, like monie o his relations fae the Hielans he endit up in Glescae lookin fer work. Whitivver wark he did get, there wis ae thing aboot Dan McCormick that soon becam obvious tae aw that kennt him. He wisnae jist fond o learnin, he wis devoted tae it, an especially tae the study o languages. An like monie sic fowk there wis a streak o pernick-etiness that cuid mak him pretty hard company tae thole.

Nou while he wis still in his teens his fowk in Lochaber, impresst wi his learnin an grasp o ither tungs, thocht it wuid be jist the thing fer a smairt lad like Dan tae train up fer the priest-hood. An the notion o ane o their ain bein a priest appealit tae some o the neebors as weel, an the suggestion wis made that siller shuid be fund tae send him aff tae the Scots College in Paris. But it seems that oor Dan didnae fancy the celibate life o the priesthood an despite the pleadins o his kind endit up no as a priest but as a sodger, jinin the Argyll Fencibles somewhaur roun aboot 1790. Altho he nivver mairriet, it is weel-kennt that even back then fowk didnae aye feel the need tae hae religious blessin on follaein nature's course, an it wis said that tho he devoted sae muckle o his life tae studyin, he had managed tae find the time tae faither a dochter in Glescae.

Nou the various Fencible Regiments o the time were raised wi a specific purpose. They were fer the defence o the realm an aw ower Scotland yung lads jined up, keen tae tak the King's shillin an shair that in Fencible Regiments they wuid nivver be sent tae farawa places like India or Africa, whaur if some native, fell brouned aff at bein invaded by Europeans, didnae kill ye, some exotic, unheard o disease wis liable tae cairry ye aff. Howivver in time monie o the lads that had signit up tae defend the realm fae invasions endit up fechtin in Europe or

North America – the British Army wis nivver short o fowk tae fecht wi in thae days – an ithers endit up on ither continents forbye. Maist o them tho only ivver went as far as Ireland, which wisnae quite as dangerous as fechtin the weel-armit tribes o the Sudan fer instance.

Dan wis ane o the lucky yins an spent maist o his nine years' service stationt at the Dudhope Barracks. By the mid 1790s the haill country – weel the politicians oniewey – were fell bathert wi the notion o an invasion fae the bluidthirsty revolutionaries o France. Sae when Provost Riddoch o Dundee set up the Second Light Infantry Dundee Volunteers tae be ready fer the frog-eatin, king-killin, garlic-chewin monsters fae France, he obtained the services o Dan an some ithers fae the Dudhope Barracks tae help train the Volunteers. This suited Dan fer in aw his years he had nivver risen above the rank o private an his new job meant a promotion, an mair pey wi it. An he didnae even have tae move awa fae Dundee whaur he wis weel settled.

The next thing that happent, sic wis the paranoia fleein aboot amang the gentry, wis that the Forfarshire Volunteers were formit an Dan had even mair wark trainin them. He must hae duin weel fer when in 1810 the job o Dundee's Toun Drummer cam up, he wis a shoo-in fer the joab. This joab meant he had tae gang aboot the toun wi his drum lettin the citizenry ken aboot new by-laws an the like. Ither things like ships comin intae or leavin the harbour, an the dates and time o the various fairs an mairkets, were ither information it wis his joab tae spread the news o, but ye wuidnae say he wis rin aff his feet. An this suitit oor Dan fell weel, fer aw thro his years in the airmy he had been keeping up wi his linguistic studies and the new joab left him plenty time tae cairry on as afore. An nou beein oot o the airmy he had his ain wee hoose which soon began tae fill up wi a remarkable wee library. By nou gettin on fer forty year auld, he had learnt a wide range o foreign tungs includin Greek, Latin, Hebrew, Welsh, Arabic, French, German an Italian as weel as the tungs he had taen on as a lad; Gaelic an English an Scots.

He wis, in short, a bit o marvel tae the Dundee fowk an quite a few o them, the anes ye micht hear cried the Richt Yins, were quite taen wi the idea o the toun bein blesst wi sic a paragon o learnin. Nou altho he hadnae taen tae the notion o bein a priest he wis, like sae monie fowk in Scotland in them days, fell caught up wi the notion o studyin the Bible. It wis this that had led him tae learnin Hebrew an it becam his favourite, an he gaithert ivvery book on or aboot the language he cuid lay his hauns on.

An Dundee no bein a big place at the time awboadie kennt aboot this remarkable public servant an his wey wi languages. Nou ae time a professor o Hebrew cam intae Dundee. He wis tourin Scotland lookin tae set up local classes so meenisters cuid learn whit wis thocht o as pretty near a sacred language. An bein as religion fer a lang time wis the drivin force ahent education in Scotland, he wis primarily lookin fer meenisters tae set up his classes. He an ane o the candidates fer the local Hebrew classes were walkin thro the toun ae eftirnane whan they ran across oor Dan. Nou the cleric thocht that he wuid hae a bit o fun wi the veesitor an as they cam up tae Dan he said;

'Hello Dan, how are ye daein the day?'

The professor lookit a bit puzzled as tae whit the meenister wis daein speakin tae this obvious menial city employee, there in the street wi awboadie lookin on.

'Och A'm jist fine meenister, jist fine,' cam the reply wi a wee nod.

'Weel Dan, this is Professor Rollinson-Smythe, he is lookin tae set up Hebrew classes in the toun.'

'Good day tae ye sir,' said Dan, an reachin intae the inside pocket o his jaiket, poued oot a Hebrew psalter.

He then preceded tae ask a haill series o questions on how the professor wis goin tae dae his teachin, quotin liberally in fluent Hebrew fae the wee book he haud in his haun. The professor wis speechless. He left soon eftir, reckonin there wisnae muckle o need fer Hebrew classes in a toun whaur even the Toun Drummer kennt mair aboot Hebrew than he did himsel!

Some other books published by **LUATH** PRESS

A New History of the Picts
Stuart McHardy
ISBN 1 906307 65 2 HBK £14.99

The Picts hold a special place in the Scottish mindset – a mysterious race of painted warriors, leaving behind imposing standing stones and not much more. However, far from being wild barbarians, the Picts had a complex society, and fought off continuous threats of invasion from imposing adversaries: Romans, Vikings, Angles.

The Picts were not wiped out in battle, but gradually integrated with the Scots to form Alba. McHardy demonstrates that rather than being some historical group of outsiders, or mysterious invaders, the Picts were in fact the indigenous people of Scotland and the most significant of our tribal ancestors. Their descendants walk our streets today.

Written and arranged in a way that is both accessible and scholarly, this is an excellent addition to the growing body of work on the Picts.
THE COURIER

Luath Storyteller: Tales of the Picts
Stuart McHardy
ISBN 1 842820 97 4 PBK £5.99

For many centuries the people of Scotland have told stories of their ancestors, a mysterious tribe called the Picts. This ancient Celtic-speaking people, who fought off the might of the Roman Empire, are perhaps best known for their Symbol Stones – images carved into standing stones left scattered across Scotland, many of which have their own stories.

Here for the first time these tales are gathered together with folk memories of bloody battles, chronicles of warriors and priestesses, saints and supernatural beings. From Shetland to the Border with England, these ancient memories of Scotland's original inhabitants have flourished since the nation's earliest days and now are told afresh, shedding new light on our ancient past.

Luath Storyteller: Tales of Whisky

Stuart McHardy

ISBN 1 906817 41 3 PBK £5.99

The truth is of course that whisky was invented for a single, practical reason – to offset Scotland's weather.

Raise your glasses and toast this collection of delightful tales, all inspired by Scotland's finest achievement: whisky. We see how the amber nectar can help get rid of a pesky giant, why you should never build a house without offering the foundations a dram and how it can bring a man back from the brink of death.

Whisky has a long and colourful history in Scotland, causing riots and easing feuds, and McHardy has gathered together stories which have been passed down through many generations, often over a wee nip. *Tales of Whisky* is a tribute to the Scottish sense of humour and love of fine storytelling.

On the Trail of Scotland's Myths and Legends

Stuart McHardy

ISBN 1 842820 49 4 PBK £7.99

A journey through Scotland's past through the medium of the awe-inspiring stories that were at the heart our ancestors' traditions and beliefs.

As the stories unfold, mythical animals and supernatural beings come alive and walk Scotland's landscape as they did in the time of the Scots, Gaelic and Norse speakers of the past.

Visiting over 170 sites across Scotland, Stuart McHardy traces the lore of our ancestors, connecting ancient beliefs with traditions still alive today. This book provides an insight into a unique tradition of myth, legend and folklore that has marked the language and landscape of Scotland.

This is a revised edition of *Highland Myths and Legends*.

Gangs of Dundee

Gary Robertson

ISBN 1 90630 702 4 PBK £9.99

No bein associated wi a gang wizna really an option. The law o the street jungle prevailed.

Dundee has a long, illustrious and well-documented history. There is, however, one aspect of Scotland's fourth largest city yet to be told – the story of Dundee's gangs.

From the Huns to the Shimmy, the Shams and the Fleet, the stories of generation after generation of Dundee's youths have without doubt been shaped by gang culture. It is this side of Dundee's history that rap poet, and former gang member, Gary Robertson reveals in this book.

Robertson has told the stories of the gangs in their own words, basing his accounts on interviews with former and current gang members, giving an anecdotal, colourful, and fundamentally true-to-life history of this volatile subject.

Pure Dundee

Gary Robertson

ISBN 1 90630 715 6 PBK £7.99

Wurdz fae thi play-grund, rymz fae thi cundee

Thi sound o thi streetz – pure brode Dundee.

Dundonian street poet Gary Robertson's first collection reaches out to everyone who's ever said they'd be out for just 'Twa Pints', who can't help swearing, or who's ever been stung by a wasp.

Robertson explores the realities of living and growing up in Dundee's infamous housing schemes in vigorous Dundonian verse. Here, hard-hitting commentaries on drink, drugs, gangs and violence contrast with poems on childhood games, imaginative freedom, and big dreams. This colourful and honest verse offers a unique view of Dundee and its people from one of its own.

Details of these and other books published by Luath Press can be found at:
www.luath.co.uk

Luath Press Limited
committed to publishing well written books worth reading

LUATH PRESS takes its name from Robert Burns, whose little collie Luath (*Gael.*, swift or nimble) tripped up Jean Armour at a wedding and gave him the chance to speak to the woman who was to be his wife and the abiding love of his life. Burns called one of 'The Twa Dogs' Luath after Cuchullin's hunting dog in Ossian's *Fingal*. Luath Press was established in 1981 in the heart of Burns country, and is now based a few steps up the road from Burns' first lodgings on Edinburgh's Royal Mile. Luath offers you distinctive writing with a hint of unexpected pleasures.

Most bookshops in the UK, the US, Canada, Australia, New Zealand and parts of Europe either carry our books in stock or can order them for you. To order direct from us, please send a £sterling cheque, postal order, international money order or your credit card details (number, address of cardholder and expiry date) to us at the address below. Please add post and packing as follows: UK – £1.00 per delivery address; overseas surface mail – £2.50 per delivery address; overseas airmail – £3.50 for the first book to each delivery address, plus £1.00 for each additional book by airmail to the same address. If your order is a gift, we will happily enclose your card or message at no extra charge.

Luath Press Limited
543/2 Castlehill
The Royal Mile
Edinburgh EH1 2ND
Scotland
Telephone: 0131 225 4326 (24 hours)
Fax: 0131 225 4324
email: sales@luath.co.uk
Website: www.luath.co.uk